KB099952

현대 도술사
묵련 장편 소설
FUSION FANTASTIC STORY

현대 도술사 2

묵련 장편 소설

초판 1쇄 찍은 날 § 2015년 7월 15일
초판 1쇄 펴낸 날 § 2015년 7월 22일

지은이 § 묵련
펴낸이 § 서경석

편집책임 § 박은정

펴낸곳 § 도서출판 청어람
등록번호 § 제387-1999-000006호
등록일자 § 1999. 5. 31
어람번호 § 제1-2176호

주소 § 경기도 부천시 원미구 부일로 483번길 40 서경B/D 3F (우) 420-822
전화 § 032-656-4452 팩스 § 032-656-4453
http://www.chungeoram.com
E-mail § chungeorambook@daum.net

ISBN 979-11-04-90317-5 04810
ISBN 979-11-04-90315-1 (세트)

현대 도사

2

묵련 장편 소설

FUSION FANTASTIC STORY

CONTENTS

제1장
부정

이른 새벽, POA 본사가 있는 목포로 100명의 사내가 우르르 몰려들었다.

저벅저벅!

그들의 걸음걸이는 아주 단호하고 거침이 없었다.

사내들의 가장 앞에 선 이는 다름 아닌 박현무. 그는 이미 사생결단을 내기로 마음먹은 상태였다. 장치는 아마도 이 사실을 모르고 있을 테지만, 그는 이에 합당한 처벌까지 각오했다.

'어차피 한 번은 부딪쳐야 한다. 시기만 조금 앞당겨졌을 뿐.'

박현무는 자신들을 뒤따르는 동생들에게 굳게 닫혀 있는 POA 본사의 문을 열도록 지시했다.

"열어."

"예, 형님."

장치파 조직원 중에는 전직 보안요원도 제법 있는데, 조직에서 사고를 치고 자숙하는 동안 신분을 숨기기 위해 억지로 한 일이었다.

그나마 다른 서비스직보다는 보안요원이 생각보다 자유로워서 현직 건달이 하기엔 이만한 직업도 없었다.

덕분에 그들은 어떻게 하면 경보기가 울리지 않고 잠입할 수 있는지 잘 알고 있었다.

삐비비비빅.

그는 회사에서 발급한 마스터키를 탈취하여 경보장치에 가져다 댄 후에 보안 시스템을 관리자 모드로 전환시켰다.

삑, 삑.

이렇게 되면 이곳에서 무슨 일이 벌어지든 경보음이 울리는 일은 절대로 없을 것이다.

"됐습니다."

"들어가지."

"예, 형님."

100명의 장치파 조직원은 건물에 들어서자마자 경비실 먼저 점거했다.

지하 3층에 위치한 경비실에선 아직 이 사실을 모르고 있었고, 그들이 경비실에 들어설 때까지 무방비 상태로 있었다.

쾅!

"뭐, 뭐야?!"

"뭐긴, 이 새끼야! 저승사자다!"

"이, 이 개새끼들이?!"

"밀어버려!"

"예, 형님!"

조직 간의 싸움이 벌어지게 되면 상대방을 폭행하는 데 있어 살인을 제외한 거의 모든 수단이 동원된다.

어차피 총력전으로 벌어지는 싸움에서 손속에 사정을 두었다간 도리어 자신이 당할 수도 있기 때문이다.

그런 이유로 조직 간의 싸움에서 몸을 다치면 어디에 하소연할 곳도 없는 것이 사실이다.

장치파 조직원들은 아주 오랜 기간 동안 크고 작은 싸움을 해왔다.

그들의 실전 경험은 전라도에서 최고이며, 싸움 실력 또한 전국에서도 알아주는 정도이다.

장치의 왼팔이자 조직의 행동대장인 임성춘은 무려 두 명의 사내를 단 일격에 제압해 버렸다.

"으랏차차!"

퍼억!

"컥!"

임성춘은 발차기에 대해선 조선 최고라는 소리를 듣는데, 190㎝의 거대한 키에서 나오는 강력한 힘은 단 일격에 적을 쓰러뜨렸다.

여기에 그가 지금까지 쌓아온 경험에서 우러나온 특유의 노하우가 섞여 환상적인 콜라보레이션을 이뤄냈다.

명치를 한 대 맞고 그대로 날려가 버린 사내의 뒤에는 또 한 명의 사내가 앉아 있었는데, 앞사람이 날려가는 바람에 그 역시 벌러덩 자빠질 수밖에 없었다.

POA물산의 경비원임과 동시에 독사파 조직원인 10명의 사내는 임성춘의 등장에 아연실색했다.

"젠장! 저 꺽다리 새끼가 떴구나!"

"이런……."

"오늘 너희는 다리몽둥이 하나씩 내놓고 나가야 할 것이다."

비단 임성춘이 전국 최고의 주먹이라는 소리를 듣는 것은 화끈한 싸움 실력뿐만이 아니다.

그에 비견될 정도로 잔악한 손속은 타의 추종을 불허할 정도였다.

평소 조용한 편이지만 일단 싸움이 벌어지면 그는 싸움 자체를 즐기는 냉혈한이 되었다.

격투는 시원하게, 끝은 깔끔하게 짓는다는 것이 그의 신조였다.

그는 상대방이 자신의 이름만 들어도 무서워 오줌을 지려야 비로소 이겼다고 말했다.

한마디로 어지간한 상처로는 싸움을 끝내지 않는다는 소리다.

때문에 같은 조직원들도 임성춘을 상당히 무서워했다.

임성춘은 품속에서 파이프렌치를 꺼내 들었다.

철컥, 철컥.

"제, 젠장!"

"너무 억울해하지는 마라. 어차피 이 난리 통에 멀쩡할 수 있는 사람은 없을 테니. 불구는 만들지 않는다. 어금니 꽉 깨물어라."

"미, 미친 새끼가!"

빠악!

"끄아아아악!"

임성춘은 잔악한 손속으로 독사파 조직원들의 정강이뼈를 모두 다 부러뜨려 버렸고, 경비실은 단 5분 만에 점령되었다.

이제 그들은 경비실을 점거하고 차례대로 POA 본사를 난

장판으로 만들어 나갔다.

*　*　*

독사파의 행동대장 강철은 자신이 직속으로 부릴 수 있는 동생들을 모두 다 끌어모아 POA 본사로 향했다.

그들의 숫자는 대략 50명, 장치파의 박현무와 임성춘을 상대하기엔 너무나도 역부족인 숫자다.

"젠장! 하필이면 이럴 때 형님은 도대체 어디에 계신 거야?!"

분명 그는 독사에게 사태가 심각하다고 말했다.

POA 본사는 이미 쑥대밭이 되어버렸고, 다른 지역에서도 속속들이 장치파 조직원들이 올라오고 있을 터였다.

그럼에도 불구하고 독사는 여전히 두문불출하고 있었다.

보스가 없다는 것, 이것은 조직이 제대로 움직일 수 없다는 뜻과 같다.

바야흐로 조직이 무너질 위기에 처해 있지만, 강철 역시 이 바닥에서 꽤나 알아주는 주먹이다.

그저 넋 놓고 자신의 조직이 무너지는 꼴을 가만히 두고 볼 위인은 아니었다.

총 다섯 대의 승합차가 POA물산 본사 앞에 멈추어 섰다.

그는 비장한 각오로 검은색 가죽장갑을 착용했다.

"어차피 대가리 숫자론 우리가 불리하다. 하지만 건물의 구조는 우리가 더 잘 알고 있으니 어느 정도 싸움이 될 것이다. 한 명당 한 명씩, 그리고 될 수 있으면 하나라도 더 족치도록 노력해라."

"예, 형님!"

승합차의 문이 열리면서 독사파의 조직원들이 일사불란하게 튀어나왔다.

"가자!"

"예!"

저마다 쇠파이프를 손에 쥔 독사파 조직원들이 어두컴컴한 건물 안으로 뛰어들어갔다.

평소의 모던한 건물은 피로 물들어 을씨년스러운 분위기를 자아내고 있었다.

'일부러 입구에 피를 발라놓았나?'

싸움은 기세가 절반을 차지한다고 할 수 있을 정도로 기선제압이 중요했다.

아무래도 저들은 작정하고 입구에 피를 칠해놓아 공포 분위기를 조성하고 있는 것 같았다.

'마음을 굳게 먹어야겠는데?'

그의 곁에 선 동생들이 고개를 갸웃거렸다.

"형님, 아무래도 좀 이상합니다. 이쯤 되면 입구를 막아서며 난리를 쳐야 정상인데요."

"그러게 말이다."

바로 그때였다.

타다다다다닥!

어디선가 사람이 전력으로 달려오는 소리가 들렸다.

"뭐, 뭐야?"

"이 새끼들, 일부러 괴기스럽게 움직이는군."

안 그래도 수적 열세에 몰린 독사파에게 건물 전체를 울리는 사람들의 발소리는 크나큰 공포로 다가왔다.

그리고 벽에 달린 비상구 전등이 그림자를 길게 늘어뜨려 마치 스산한 파노라마를 보는 것 같은 착각이 들게 했다.

'…머리가 좋은 놈이군.'

오늘 저들의 행동대장을 누가 맡았는지 몰라도 상당히 전략적인 놈이라는 것만은 분명했다.

만약 여기에 싸움꾼 임성춘까지 끼어든다면 승산은 점점 더 줄어든다고 봐야 한다.

'젠장!'

어금니를 꽉 깨문 강철, 그는 흐릿한 시선으로 어둠 속을 바라보았다.

"형님……."

"긴장 풀어라. 어차피 놈들도 인간이야."

쿵쿵쿵쿵!

사람의 발소리가 점점 가까워져 오더니 이내 어디선가부터 발소리가 뚝 끊어졌다.

"뭐, 뭐지?"

우왕좌왕하는 조직원들, 강철은 애써 그들을 다잡으려 소리쳤다.

"쫄지 마라! 그냥 발소리를 끊은 것뿐이야!"

바로 그때, 어둠 속에서 쇠파이프가 하나 불쑥 튀어나왔다.

퍼억!

"크윽!"

"형님!"

강철은 쇠파이프에 머리를 얻어맞고 잠시 몸을 주춤거렸다.

그 틈을 타 상대편 조직원들이 우르르 쏟아져 나왔다.

"놈들이다! 조져 버려!"

"와아아아아!"

"이런 빌어먹을!"

"형님, 놈들이 너무 많습니다!"

"많은 것은 익히 알고 있었다! 그냥 조져 버려!"

"예, 형님!"

"젠장! 죽어라!"

그는 자신의 눈에 보이는 적이라면 수단과 방법을 가리지 않고 해치워 나갔다.

강철은 가장 먼저 자신에게 달려드는 녀석의 머리를 쇠파이프로 후려친 다음 곧장 몸을 숙여 하체를 길게 뻗었다.

부웅!

몸이 회전하면서 생긴 힘이 발에 그대로 전달되면서 아주 묵직한 타격을 만들어냈다.

빠악!

"크헉!"

단 일격에 기절해 버린 그를 밟고 몸을 날린 강철은 마구잡이로 쇠파이프를 휘둘렀다.

붕붕붕!

"죽어! 죽어! 이 개새끼들아!"

강철은 싸움을 즐기는 사람은 아니지만, 한번 싸움이 일어나면 인정사정 봐주지 않는 진짜 건달이었다.

그는 마구잡이로 쇠파이프를 휘두르다 적들의 표적이 되었다.

퍽퍽퍽!

"으헉!"

"이 새끼가 행동대장이다! 이놈만 조지면 일은 끝난다!"

"죽어라!"

"젠장!"

퍽퍽퍽퍽!

동시에 열 명이 넘는 적에게 둘러싸여 몰매를 맞던 강철은 이내 허리춤에서 회칼을 꺼내 들었다.

"이런, 제기랄!"

그는 상대편 조직원의 허벅지에 회칼을 찔러 넣었다.

서걱!

"크아아악!"

장치파 행동대장이 주먹으로 유명하다면 강철은 칼을 잘 쓰기로 이름이 나 있었다.

그는 칼로 사람을 단 일격에 적을 제압할 수 있는 요령을 익히고 있었다.

조직에서 처음 칼을 잡았을 때의 나이가 불과 열일곱 살, 그때부터 실전에서 칼을 익혔다.

다른 것은 몰라도 전라도에서 그보다 칼을 더 잘 쓰는 건달은 아마 없을 것이다.

강철은 열 명의 적을 차례대로 베어가며 돌파구를 마련했다.

서걱, 서걱!

"으허억!"

"막지 마라! 병신이 되기 싫으면!"

칼을 거꾸로 잡은 강철이 자신에게 쇠파이프를 휘두르는 사내의 허벅지를 찔렀다.

푸욱!

"크윽!"

그리곤 그대로 힘을 주어 일어나 바로 옆에 있는 사내의 어깨를 베어버렸다.

스윽!

"크허억!"

이것으로 돌파구를 마련한 그는 반대편 주먹으로 자신을 막아서는 적의 명치를 타격했다.

퍼억!

"쿨럭!"

"이 개새끼들! 내가 누군 줄 알고!"

어느새 피와 먼지로 형체를 알아볼 수 없을 정도로 더러워진 강철은 칼을 쥔 손을 넥타이로 칭칭 감았다.

상대편 조직원들의 피와 자신의 피가 서로 뒤엉켜 부드러운 넥타이가 질긴 손잡이 역할을 할 것이다.

"내가 죽으면 네놈들도 다 죽는 거다!"

싸움에서 무기를 잃는다는 것은 곧 죽음을 의미하는 것, 그는 결사항전을 준비했다.

"다 덤벼라!"

독사파를 이끄는 그의 선전으로 인해 싸움은 얼추 비슷한 균형을 유지하고 있었다.

하지만 이내 그 팽팽하던 균형은 금세 깨어지고 말았다.

퍽퍽퍽!

"꺽다리다!"

"임성춘?! 이런 제기랄!"

임성춘은 싸움에 관해선 거의 도가 튼 사람이기 때문에 그가 있는 것과 없는 것은 확실히 차이가 났다.

하지만 그가 투입되었다고 해서 이대로 물러날 수는 없었다.

'남자 인생 한 방이다. 죽으면… 죽지, 뭐.'

지금 이 나이까지 뒷골목 바닥 생활에서 제대로 살아남은 사람은 거의 없다. 대부분 칼에 맞아 죽거나 불구가 되어 산중 생활을 한다.

강철은 자신 또한 그들과 별반 다를 것이 없다고 생각했다.

"죽어라!"

어차피 다치거나 죽는 인생, 그는 이 싸움에 사활을 걸었다.

* * *

POA 본사에서 난동이 벌어지고 있던 그 순간, 독사 김근덕은 목포시장으로 향했다.

그는 딸을 위해서 꼽추 도사를 찾아 나선 것이다.

목숨과 맞바꾸어도 아깝지 않은 딸이 계속해서 이런 고통을 받게 할 수 없었다.

"미안하다."

물론 자신을 믿고 따르는 부하들을 버리고 도사를 먼저 찾는 것은 결코 용서받지 못할 일이다.

이 일로 인해 자신이 기반을 잃는다고 해도 독사는 더 이상 할 말이 없다.

하지만 가족의 목숨이 자신의 생명보다 소중한데, 지금 조직을 돌볼 겨를 따윈 있을 수 없었다.

그는 아무도 없는 국밥집 앞에 도착하자마자 무릎부터 털썩 꿇었다.

"미안합니다! 내가 당신의 기분을 상하게 했다면 용서하십시오! 부탁입니다!"

태어나 처음으로 꿇어보는 무릎이 유난히도 아리고 욱신거리는 김근덕이다.

그러나 사랑하는 딸을 위해서라면 못할 것도 없었다.

텅 빈 골목에 그의 목소리만 메아리치고 있었지만 그는 굴하지 않았다.

그는 그 자리에 30분이나 머리를 조아린 채 무릎을 꿇고 있었다.

“미안합니다.”

마치 석고대죄라도 하듯 앉아 있는 그의 머리 위로 신영이 하나 떨어져 내렸다.

팟!

신영의 주인공은 다름 아닌 꼽추 청년, 그는 무표정한 얼굴이다.

“바닥이 찹니다.”

“아이고, 도사님! 일전엔 제가 실례가 많았습니다!”

“무슨 말씀이신지요?”

“제가 너무 주제넘게 굴어서 도사님께서 화나신 것 아닙니까?!”

“…사람을 대할 때엔 평등해야 한다고 배웠습니다. 저는 그 배움을 지킨 것뿐입니다.”

“죄, 죄송합니다! 제가 잘못했습니다!”

그는 신경쇠약에 걸리기 직전인 가족들을 위해서 머리를 조아렸다.

“살려주십시오! 지금 제 딸이 아무것도 못한 채 집에 틀어박혀 있습니다! 벌써 며칠째 밥도 못 먹고 있습니다! 제발 살려주십시오!"

"이제야 사람답게 살 생각이 드십니까?"

"그럼요! 지금까지 제가 살아온 모든 것을 뉘우치고 사람처럼 살겠습니다! 그러니 제발……!"

김근덕은 독사라는 이름으로 수많은 악행을 자행해 왔으며, 그 악행을 감추기 위해 더 많은 피를 흘렸다.

만약 지금 그에게 기회가 주어진다면 그 과오를 청산하고 싶은 마음뿐이다.

"좋습니다. 그럼 기회를 한 번 드리겠습니다."

"저, 정말입니까?!"

"제가 시키는 대로 개과천선하신다면 귀신들을 물리쳐 드리지요."

그는 도사 청년 앞에 다시 한 번 고개를 조아렸다.

"물론입니다! 시켜만 주십시오!"

"하지만 조건이 하나 있습니다."

"조건이요?"

"당신이 정신을 차렸다는 증거를 보여주십시오."

"증거라……."

"손을 터는 일이든 뭐든 좋습니다. 증거를 보여주십시오."

김근덕은 즉시 자리를 털고 일어났다.

"그럼… 제가 조직을 포기하겠습니다. 그럼 되겠습니까?"

"하실 수 있겠습니까?"

"과오를 청산할 수 있다면… 조직에서 손을 떼는 것도 불사할 수 있습니다."

"알겠습니다. 그럼 내일 아침까지 말미를 드리지요. 그 안에 해결하십시오."

"예, 도사님!"

청년은 그에게 부적을 하나 건넸다.

"이걸 몸에 지니고 계십시오. 그럼 저는 이만……."

팟!

이내 그는 사라져 버렸고, 연기만 남은 그 자리를 한참이나 바라보던 김근덕은 결심한 듯 일어섰다.

"그래, 가자."

그는 인감도장을 들고 장치가 있는 목포시장으로 향했다.

* * *

장치 정준만은 목포시장에 있는 허름한 막걸리 집에서 파전에 막걸리를 마셨다.

꿀꺽꿀꺽!

그는 벌써 열 주전자째 막걸리를 마시고 있었다.

"크흐, 좋구나!"

막걸리와 함께 먹고 있는 것은 김치와 감자전. 그가 세상에서 가장 좋아하는 음식이다.

아마 이대로 계속 마신다면 해가 뜰 때까지 마실 것이다.

하지만 그의 망중한은 그리 오래가지 못했다.

드르득!

술집 문이 열리더니 독사가 불쑥 모습을 드러냈다.

"형님! 독사입니다!"

"근덕이?"

그는 천천히 고개를 돌려 독사를 바라보았다.

"무슨 일이냐?"

"…저 좀 살려주십시오."

"살려달라니? 갑자기 그게 무슨 뚱딴지같은 소리냐?"

장치와 독사는 어려서부터 안면을 트고 지낸 동네 선후배 사이다.

다만 조직에서 분가해서 각자 따로 일을 하다 보니 자연스레 양대 산맥처럼 된 것뿐이다.

정준만은 그에게 막걸리를 한 사발을 건넸다.

"우선 한 잔 해라."

"예, 형님."

그는 정준만이 건넨 막걸리를 숨도 쉬지 않고 들이켰다.

꿀꺽꿀꺽!

"후하! 좀 살 것 같군요."

"그래, 정신을 차리는 덴 막걸리가 최고지."

이제 그는 독사가 찾아온 이유에 대해 물었다.

"진정이 되었다면 한번 말해봐라. 도대체 무슨 일이기에 이 소란을 피우는 것이냐?"

"형님 조직과 제 조직 사이에 전쟁이 벌어졌습니다."

순간, 그는 고개를 갸웃거렸다.

"전쟁? 지금 같은 시국에 무슨 전쟁이냐? 말도 안 되는 소리다. 뭔가 잘못 안 것 아니냐?"

"아닙니다. 지금 저희 POA물산에 장치파 조직원들이 들이닥쳐 싸움을 벌이고 있습니다. 이건 제가 직접 부하들을 통해 확인한 내용입니다."

장치는 이내 전화를 들어 상황을 파악해 보았다.

"나다. 지금 전쟁이 일어나고 있다는 소식을 들었다. 무슨 일이냐?"

—죄송합니다, 형님. 어쩔 수 없었습니다. 놈들이 먼저 우리를 공격하여 선 조치를 취하였습니다. 벌하시면 달게 받겠습니다.

"뭐, 뭐라?!"

장치는 되도록 전쟁은 피하고 싶던 사람이다.

요즘과도 같은 세상에 칼 들고 싸움질이나 하는 건달은 그리 많지가 않았다.

건달도 합법적으로 사업자 신고를 내고 남에게 피해 없이 살아가야 롱런할 수 있다.

이것은 장치의 철학이자 생활신조이다.

그런 그가 이렇게 큰 싸움을 벌일 리가 없었다.

"…이것 참, 뭐라 할 말이 없군. 잘잘못을 가리기보단 이쯤에서 싸움을 끝내는 편이 좋겠군."

독사는 고개를 가로저었다.

"아니요. 일이 벌어졌으면 책임을 져야지요."

"…결국 끝까지 피를 보자는 말이군."

건달의 세계는 이긴 사람만 살아남는 냉정한 곳이다. 그는 독사가 싸움에서 이기려 수를 쓴다고 생각했다.

하지만 그 생각은 한참 잘못된 것이었다.

독사는 그에게 인감도장과 함께 각서 한 부를 건넸다.

"받으시죠."

"뭔가?"

"보면 아실 겁니다."

그가 건넨 각서에는 POA물산을 장치에게 양도하고 약 50%에 달하는 가격만 받겠다고 적혀 있었다.

만약 이대로 계약이 진행된다면 장치는 상당한 이득을 챙길 수 있을 터였다.

한마디로 독사는 스스로 자폭하고 있는 것이다.

"이, 이건……."

"이 싸움에 대한 책임은 제가 지겠습니다."

"……."

그는 지금 독사의 행동을 도저히 이해할 수가 없었다.

거대 조직의 보스가 갑자기 자신이 가진 모든 것을 내려놓겠다니 있을 수가 없는 일이다.

"도대체 왜 이러는 것이냐? 네가 가진 세력이라면 얼마든지 싸움을 이어나갈 수 있을 텐데."

독사는 고개를 가로저었다.

"지금까지 너무나 많은 피를 봤습니다. 이제는 더 이상 부하들의 피를 보고 싶지 않습니다."

"뭐라?"

"이젠… 더 이상 손에 피를 묻히기 싫습니다. 딸에게 떳떳한 아버지가 되고 싶군요."

"흠……."

"가능하시다면 우리 식구 전부 다 먹고살 수 있을 정도만 챙겨주십시오. 그럼 군말 없이 물러나겠습니다."

조직이 어떻게 되었든 간에 보스가 떠나면 조직은 와해되게 마련이다.

독사는 자신이 떠나 조직이 와해되면 곧바로 손을 씻고 새

출발을 할 생각인 것이다.

"이렇게 갑작스럽게 손을 씻을 생각이라니 대체 무슨 일이 있었던 건가?"

"…그냥 초야에 묻혀 가족들과 함께 살고 싶어졌습니다. 더 이상 욕심도 없고요."

"낙향을 생각하는 모양이군."

"그런 셈이지요."

나이가 점점 들어갈수록 장치 역시 초야에 묻혀 낚시나 즐기며 살고 싶었다.

만약 할 수만 있다면 그 역시 낙향하고 싶었다.

"자네는 참으로 용기 있는 남자군."

"가족이 있으면 남자는 용감해지게 마련이지요."

장치는 조금 망설이는 표정을 짓다 이내 어렵사리 계약서를 받았다.

"좋네. 자네와 그 휘하의 식구들이 먹고사는 데 쓸 밑천을 내가 대주지."

"감사합니다!"

"하지만 자네는 이제 이 세계 사람이 아닐세. 더 이상 이 세계에 발을 들여놓지 말게. 그게 내 조건일세."

"알겠습니다. 형님 말씀을 따르겠습니다."

장치는 독사의 이름 옆에 자신의 지장을 찍어 계약을 완료

했다.

그리고 그는 자리에서 일어나 싸움이 벌어지고 있는 현장으로 향했다.

"일은 내가 알아서 마무리하겠네."

"부탁드립니다."

독사는 이내 다시 자신이 온 길로 돌아갔고, 장치는 직접 차를 몰아 POA 본사로 향했다.

* * *

치열한 싸움이 벌어지고 있는 현장.

독사파 조직원들은 도저히 믿을 수 없는 얘기를 전해 들었다.

보스 독사가 조직을 포기하고 초야에 묻혀 지내기로 했다는 것이다.

그 대가로 돈을 받았고, 그 돈은 또다시 나누어져 독사파의 조직원들에게 돌아올 예정이란다.

행동대장이자 조직의 실세인 강철은 이 사실을 인정할 수가 없었다.

"마, 말도 안 된다. 형님께서 우리를 버릴 리가 없어."

장치는 그에게 다가가 자초지종을 설명했다.

"그는 너희를 버린 것이 아니다. 다만 너희가 새 출발을 할 수 있도록 손을 씻은 것뿐이지."

"……."

독사는 별명처럼 아주 지독하게 조직을 키워왔다.

그런데 한순간에 얼굴을 바꾸고 초야에 묻히겠다니 그로선 도저히 이해할 수가 없었다.

하지만 전화로 지금까지의 상황을 모두 다 확인한 이상 싸움을 진행시킬 수는 없었다.

"모두 싸움을 멈추고 제자리로 돌아가라. 내일 날이 밝고 오후가 되면 다시 얘기하도록 하지."

"…예, 알겠습니다."

싸움에서 생겨난 부상자들은 속히 병원으로 옮겼고, 건물 이곳저곳에 가득한 피는 멀쩡한 조직원들이 남아 처리하기로 했다.

장치는 이제 이곳의 문을 굳게 닫아버렸고, 더 이상 참혹한 현장에 사람은 남아 있지 않게 되었다.

*　　*　　*

목포시장의 국밥집.

독사는 여전히 무릎을 꿇고 있었다.

유하는 눈물까지 흘리는 그를 바라보며 이제야 제대로 개과천선할 결심을 했다고 생각했다.

"감사합니다, 감사합니다!"

"별말씀을요."

그는 독사가 자신의 조직을 버린 순간 귀신이 보이는 등의 환영을 거두어들였다.

이제 더 이상 귀신은 보이지 않을 테고, 앞으로 그는 범죄를 저지르면서 살지 않을 것이다.

사실 그의 목적은 단순히 목포시장에서 독사를 몰아내는 것이었지만 생각보다 일이 잘 풀렸다.

지금까지 쌓아온 자신의 영역을 버린 것으로도 모자라 독사는 아예 조직을 떠나기로 한 것이다.

건달들이 줄어든다는 것은 역기능보다는 순기능이 훨씬 더 많다.

아마 이번 사건으로 인해 여러 사람이 편해질 것이다.

'잘되었군.'

유하는 연신 눈물을 흘리고 있는 독사에게 물었다.

"이젠 어디로 가실 겁니까?"

"…전북으로 갈 겁니다. 그곳에서 새로운 삶을 살아볼 생각입니다."

"전북이라……. 좋은 생각이군요."

"그곳에서 낚시나 하고 산나물을 캐면서 살 겁니다. 그것이 제 행복입니다."

"그래요. 잘 생각했습니다. 그렇게 소소하게 살아가는 겁니다."

그는 유하에게 꾸벅 고개를 숙였다.

"감사합니다. 덕분에 제가 개과천선하여 살 생각을 했습니다."

"아니요. 별말씀을요."

"앞으로도 좋은 일 많이 해주시길 바랍니다."

이윽고 자리에서 일어선 독사는 다시 한 번 고개를 숙였다.

"그럼……."

"잘 가십시오."

그는 돌아서 이제 자신이 갈 길을 향해 거침없이 걸어 나갔다.

*　　*　　*

독사가 버리고 간 것이나 다름없는 POA물산은 내부 자본을 모두 장치파가 흡수하여 인수 합병했다.

그리고 알맹이를 빼고 난 거의 모든 것은 다시 유하에게로 귀속되었다.

장치파가 유하에게 남겨준 재산 목록은 이러했다.

1톤 트럭이 두 대, 2.5톤 트럭 한 대, 5톤 윙바디 차량 한 대, 대형 트레일러 한 대, 그리고 지게차 두 대였다.

그렇게 거대한 물산이 가지고 있던 재산이라고 하기엔 터무니없이 작은 규모였지만, 유하에겐 큰 도움이 되었다.

지금 POA물산은 불법이 아닌 합법적인 장사에도 손을 벌리고 있었기 때문이다.

회사를 인수하기 위한 등기부 이전이 있는 날, 유하는 말끔하게 정장을 차려입고 집을 나섰다.

집에 있는 유일한 양복이기도 한 이 옷은 독사 김근덕이 목포를 떠나기 전에 선물한 것이다.

그가 빼앗긴 회사를 인수받는 희한한 상황이긴 하지만, 김근덕은 유하에게 너무나도 고맙다며 감사 표시를 했다.

비록 꼽추 상태에서 맞춘 옷이기 때문에 상당한 수선이 필요했지만, 옷감의 재질이나 착용감은 최상이었다.

"우와, 우리 오빠 멋있다!"

"그래?"

"참, 옷이 날개라더니 정말인 모양이야."

"그러게 말이다."

이제 유하는 POA물산을 인수하고 그곳에 모든 기반을 집중시킬 예정이다.

원래 POA에서 사용하던 본사 건물은 이미 팔리고 없지만, 그들이 가지고 있던 창고 네 개와 물류창고들이 유하에게 떨어졌다.

이 정도면 충분히 김치 공장을 운영할 수 있을 터였다.

잘 빠진 구두에 양복까지 갖춰 입은 유하는 가벼운 마음으로 집을 나섰다.

"다녀올게."

"잘 다녀와!"

동생들의 배웅을 받으며 나서는 길, 오늘따라 유하의 걸음이 가벼웠다.

제2장
학부모 면담

이른 아침, 유하는 반듯한 정장에 잘 닦은 구두를 신고 집을 나섰다.

어쩐 일인지 그는 집을 나서면서 연신 옷매무새에 신경 썼다.

"어때? 만만해 보이지는 않아?"

"괜찮아. 그쪽 담임도 그렇게 나이가 많은 것 같지는 않다고 하던데?"

"그래? 그렇다면 다행이고."

오늘은 학부모 면담이 있는 날이다.

유채가 중학교와 고등학교를 다니던 시절엔 유하가 꽤나 어수룩한 차림으로 면담에 나섰다.

아니라고 부정하고 싶지만, 그는 어린 나이 때문에 담임들에게 꽤나 무시를 당했다.

행여나 동생이 해코지라도 당할까 봐 찍소리도 못하고 있었지만, 그 기억은 꽤나 안 좋은 기억이 되어 뇌리에 박혔다.

이제는 거의 서른을 바라보는 나이가 되었기 때문에 그 무시는 조금이나마 사그라졌을 것이다.

그래도 학부모 면담이 있는 날이면 항상 신경이 쓰였다.

그는 매일같이 사용하던 트럭 대신에 얼마 전에 새로 산 중형차에 올랐다.

비싼 외제차는 아니지만 이 나이 대의 남자가 타기엔 전혀 무리가 없는 신차였다.

유하는 미리 세차를 해놓고 먼지만 살짝 닦아서 광을 냈다.

"이 정도면 되겠지?"

"괜찮아, 괜찮아. 누가 보면 선이라도 보러 가는 줄 알겠네."

"그런가?"

자동차에 시동을 건 유하에게 자라가 달려왔다.

—끼룩끼룩!

이젠 제법 커서 직경이 70㎝에 이르렀다.

유하는 차에 올라타려는 자라를 밀어내며 말했다.

"오늘은 네가 따라올 수 없다. 그냥 집에 있어."

—끼룩?

"일을 하지 않는다는 소리다."

—끼룩!

대충이지만 자라는 유하가 하는 말을 거의 다 알아들었다.

녀석은 처음으로 받은 휴가에 아주 기분이 좋은 모양이다.

"집에서 유채와 함께 있어. 사고 치면 용봉탕 끓여 먹는다."

—끼룩!

유하는 유채에게 자라를 맡겨놓고 목포에 있는 중학교로 향했다.

"다녀올게. 자라 잘 부탁해. 열 받는다고 잡아먹지 말고."

"알겠어. 노력은 해볼게."

"…부탁 좀 하자."

"쿡쿡, 그럴게. 너무 걱정하지 마."

자라가 집에 있다는 것이 걱정되는 이유는 녀석이 사고를 칠 것이 무서운 것이 아니다.

어차피 이 집에는 현운도 있기 때문에 녀석이 사고를 칠 것 같으면 현운이 알아서 대처할 것이다.

하지만 유채가 자라를 잡아먹겠다고 마음먹으면 사태가

좀 심각해진다.

'별일 없겠지?'

그나마 시일이 좀 지났으니 유채가 자라에게 정을 붙였다고 생각하는 수밖에 없었다.

유하는 가속 페달을 밟았다.

*　　*　　*

유하는 집에서 약 30분가량 달려 목포 시내에 있는 목화여중에 도착했다.

영천은 목포에서도 꽤나 변두리에 있기 때문에 해당 학군의 중학교를 간다고 해도 30분은 족히 나가야 했다.

그나마 유나는 운이 좋은 편이라서 30분가량 걸리는 학교에 입학할 수 있었다.

다른 집 아이들은 한 시간 이상 걸리는 경우도 있었다.

목포 시내에서 약간 외곽에 있는 목화여중 정문에 도착한 유하는 운동장 안쪽에 있는 주차장에 차를 댔다.

그는 주차를 하면서 연신 손목시계를 들여다보았다.

"아직 20분가량 여유가 있군."

유하는 잠깐의 틈을 타서 학교 매점으로 향했다.

학교 매점은 아침부터 끼니를 때우기 위해 달려드는 여중생들을 상대하고 난 후 가게를 정리하는 중이었다.

그는 이곳의 관리인에게 다가가 말했다.

"아이스크림 40개만 주십시오."

"학부형이세요?"

"네, 그렇습니다. 카드 가능하지요?"

"물론이지요."

유하가 조금만 더 나이를 먹었다면 유나의 아버지가 되는데 아주 불가능한 것은 아니다.

때문에 가끔은 유하를 유나의 아버지로 오해하는 경우도 아주 간혹 있었다.

하지만 대부분은 그를 유나의 삼촌쯤으로 생각했다.

"삼촌이신가요? 아니면 사고를 치셨나?"

"아니요. 제 막냇동생이 이 학교를 다닙니다. 오늘은 학교에서 면담을 한다고 해서 왔습니다."

"아하, 그럼 1학년이신가 보군요. 요즘 1학년이 돌아가면서 면담하고 있다고 하던데."

"네, 맞습니다."

"바쁘시겠네요. 한창 일할 나이에 동생 면담까지 하러 오시다니."

"괜찮습니다. 하루쯤 시간 내는 것이 뭐 그렇게 어렵다고요."

"아이고, 아닙니다. 요즘 학부형 중엔 귀찮다고 면담에 나오지 않는 경우가 얼마나 많은데요. 옛날 같은 학교가 아닙니다."

"그런가요?"

"한 10년 전만 해도 선생님들의 권위가 좀 섰었는데 요즘엔 그런 것이 없어졌어요. 그 때문인지 몰라도 선생님들이 학생을 대하는 태도도 조금은 바뀐 것 같더군요. 그러니 당연히 면담을 가도 별 볼 일이 없는 것이죠."

"흠……."

유하가 학교를 다니던 시절만 해도 선생님에게 사랑의 매를 맞는 것쯤은 당연시 여겼다.

교사는 학생을 가르치는 존재를 넘어서 한 사람을 제대로 키우는 멘토와 같은 역할을 한다.

지금도 그런 교사가 꽤 많겠지만, 학생을 진심으로 인도하고 때려서라도 사람을 만들겠다는 사람은 별로 없다.

교권은 점점 바닥으로 떨어졌고, 교사들은 이전보다 훨씬 더 학생들과 멀어지게 되었다.

그 결과 학부형들은 물론이고 학생을 대하는 교사들의 태도도 점점 사무적으로 변해갔다.

중학교 교사를 5년째 해온 어떤 교사는 한 공중 매체와의 인터뷰에서 이런 말했다.

'교사는 학생들에게 학문을 가르치는 공공 서비스업 종사자다.'

이런 생각을 가진 교사가 그리 많지는 않겠지만, 이것은 요즘 교권이 어떤지 잘 알려주는 대목이라고 할 수 있었다.

유하는 간간이 이런 소식을 들을 때마다 조금은 씁쓸하다는 생각이 들었다.

차라리 두들겨 맞아도 교사들과 학생들이 아옹다옹 지내던 시절이 더 인간적이라고 느껴졌기 때문이다.

그는 박스에 담긴 40개의 아이스크림을 받았다.

"여기 있습니다."

"고맙습니다."

유하는 그대로 교실로 올라가려다 잠시 고개를 돌렸다.

"혹시 선물용 음료수도 있습니까?"

"원기회복제라면 있지요."

"한 박스 주십시오."

요즘 매점은 편의점이 통째로 들어와 있기 때문에 선물용 원기회복제도 있었다.

그는 담임에게 줄 선물까지 사서 교실로 올라갔다.

* * *

여학생들이 좋아하는 것은 크게 두 가지로 나뉜다. 하나는 핸드폰, 또 하나는 먹을 것.

대부분의 여중생은 달달하거나 새콤한 간식거리를 참으로 좋아했다.

유하는 유나네 교실에 들어서자마자 정중히 문을 두드렸다.

똑똑.

"네, 들어오세요."

문을 열고 들어선 유하는 수업 중인 교사에게 꾸벅 고개를 숙였다.

"더운데 고생이 많으십니다. 강유나 학생 오라비 되는 사람입니다."

"아, 예."

"괜찮으시면 학생들과 함께 이것 좀 드시면서 하지요."

점심시간에 아이스크림을 돌려도 좋겠지만, 그는 일부러 수업시간이 끝날 무렵을 공략했다.

요즘같이 찌는 날씨에 수업을 받자니 힘들 것이고, 그때 아이스크림이 있으면 참 좋을 것 같았기 때문이다.

유하는 사전에 교감과 학생주임에게 양해를 구했고, 해당 수업을 진행하고 있던 교사도 별다른 거부감이 없는 것 같았다.

"애들아, 유나 오라버님이시래! 감사의 박수를 보내드리자!"

"와아아아아!"

그는 친구들 사이에 섞여 박수를 치고 있는 유나를 바라보며 살며시 웃었다.

'자식, 기 좀 살려나?'

생각 같아선 피자 트럭을 대절하고 싶었지만, 그것은 부담을 줄 것 같았다.

생각 끝에 내린 결론이 바로 이 아이스크림이었는데, 유하는 부디 유나가 친구들 사이에서 기가 팍 살았으면 했다.

그는 교사에겐 조금 더 큰 아이스크림을 건넸다.

"선생님은 특대로 드셔야지요."

"하하, 감사합니다."

이윽고 유하는 그에게 정중히 고개를 숙였다.

"그럼 저는 이만……."

"아, 예."

연배가 비슷해서 그런지 교사가 유하를 대하는 데 조금 불편해하는 것 같았다.

하지만 그가 담임은 아니니 크게 신경 쓸 것은 없을 듯했다.

이윽고 유하는 교사들이 업무를 보는 교무실로 향했다.

*　　*　　*

3교시가 거의 다 끝날 무렵에 찾은 교무실에는 교사들이 거의 남아 있지 않았다.

하지만 유나의 담임은 자리를 지키고 있다고 했다.

사전에 통화를 한 유하는 조심스럽게 교무실 문을 두드렸다.

똑똑.

"계십니까?"

"네, 들어오세요."

이윽고 유하는 교무실 문틈 사이로 고개를 빠끔히 내밀었다.

"1학년 4반 담임선생님이 어디에 계시지요?"

"접니다."

유하는 손을 번쩍 든 여교사에게로 다가가 넙죽 90도로 인사를 했다.

"안녕하십니까? 유나 오라비 됩니다."

"네, 반갑습니다."

그녀의 나이는 20대 중후반쯤 되어 보였는데, 긴 머리와 또렷한 이목구비가 매우 인상적이었다.

만약 남학교에서 근무했다면 선망의 대상이자 첫사랑의 대상으로 많이 지목되었을 법한 외모다.

유하는 담임에게 음료수부터 건넸다.

"이것 좀 받으시죠."

"아니, 이런 것은 좀……."

"비싼 것 아닙니다. 그냥 선생님들과 나누어 드십시오."

"감사합니다."

요즘 교직자들에게 잘못 선물을 건넸다간 촌지를 받았다고 손가락질을 받기 십상이었다.

그래서 유하는 가장 흔한 원기회복제를 사온 것이다.

유나의 담임은 음료수를 자리에 놓고는 이내 본격적인 면담을 시작했다.

"저희 학교에선 3년 내내 사용될 학생평가용 자료로 학부형 면담을 실시합니다. 1학년에 실시한 면담이 3학년까지 가기 때문에 부득이하게 꼭 학교로 오시라고 한 겁니다."

"그렇군요."

"초등학교를 졸업한 지 얼마 되지 않았지만 중학교 1학년이라는 시기가 꽤나 중요하니 면담에 나오시면 3학년까지 많은 도움이 될 거예요."

"네, 감사합니다."

그녀는 유나의 인적사항이 적힌 차트는 보지 않고 오로지 유하에게 집중했다.

"듣기로는 부모님이 계시지 않다고 들었습니다."

"네, 그렇습니다. 제가 열네 살 때부터 학교에 다니면서 키웠습니다. 열일곱 살이 되던 해엔 학교를 그만두고 본격적으로 생업전선에 뛰어들었고요. 그땐 일을 하면서 유나를 돌봤습니다."

"대단하시네요. 그 어린 나이에……."

"핏줄이니까요. 만약 피가 안 섞였다면 절대 그렇게 못했겠지요."

유나의 담임은 아주 씁쓸한 미소를 지었다.

"그래도 요즘 세상에 그런 사람이 어디 흔한가요?"

"후후, 아닙니다."

쑥스럽게 웃는 유하에게 그녀가 질문을 이어나갔다.

"유나 말로는 김치 사업을 하신다고 하던데요?"

"원래 천일염전을 운영하다가 운이 좋아서 물산을 하나 인수했습니다. 다 망해가는 회사이지만 사업을 하기엔 무리가 없더군요."

"수완이 좋으신가 봐요?"

"그래 봐야 구멍가게입니다. 아직 신생이고요. 수완이 좋다고 말할 것도 없습니다."

"겸손하시네요."

"감사합니다."

그녀는 말을 맺고 나선 유나의 성적에 대해서 논했다.

"유나 성적이 하위권에 머물고 있다는 것은 알고 계신가요?"

"하위권……. 많이 뒤처졌습니까?"

"성적이 좋은 편이 아니에요. 전교에서 한 70% 정도 됩니다."

"흠……."

행복은 성적순이 아니라고 생각하는 유하이긴 해도 막상 여동생이 그렇다니 신경이 쓰일 수밖에 없었다.

유채의 경우엔 성적이 좋아도 집안 사정이 별로 좋지 못해서 대학을 가지 못했다.

전교에서 2, 3등을 다투던 그녀는 서울권 최상위 대학에 붙었음에도 대학을 포기했다.

나중에 기회가 된다면 공부를 마저 하겠다는 생각이었다.

하지만 유나의 경우엔 그 정반대인 것 같았다.

"여유가 되신다면 학원을 보내보시는 것도 괜찮은 선택일 것 같습니다."

"보내야 한다면 보내야지요."

"그리고 이건 좀 외람된 말씀인데……."

"무슨 말씀이십니까?"

"유나가 어디에 재능이 있는지 혹시 알고 계신가요?"

"유나가……."

그러고 보니 유하는 유나가 성격만 좋다고 생각했지, 재능에 대해선 생각해 본 적이 없었다.

그녀는 유하에게 팸플릿을 하나 건넸다.

"오라버님, 혹시 도내에서 열리는 청소년 기능대회라고 들어보셨나요?"

"청소년 기능대회요?"

"도지사가 주최하는 대회인데, 학생들을 대상으로 각종 기능자격증을 부여하는 대회입니다. 1등은 트로피와 함께 원하는 특목고나 대학에 진학할 수 있는 특전이 주어지지요. 도내에서 실력이 뛰어난 꿈나무를 집중적으로 육성한다는 취지랍니다."

"그런 좋은 대회가 있었군요."

담임은 이 부분에서 말을 조금 망설였다.

"한데……."

"말씀하시지요. 괜찮습니다."

"유나가 거기서 2등을 했어요."

"네? 유나가 무슨 기능에……."

"사실은 방과 후에 하는 요리교실에서 요리를 배우고 있었대요. 그런데 실력이 워낙 뛰어나서 기능대회에 나가게 된 것이지요. 각 학교의 서클에서 한 명씩은 무조건 대회에 나가야 부서가 유지되거든요. 그래서 유나가 대표로 나간 것 같아요."

"어쩐지 요즘 부쩍 집에 늦게 들어온다 싶더니……."

유하는 요즘 유나의 귀가 시간이 점점 늦어짐에 따라 태클을 걸고 있었다.

이제 보니 그 태클이 오히려 유나의 앞길을 막는 일이었던 모양이다.

"…제가 뭐라 할 말이 없군요."

"아니요. 저라도 몰랐을 겁니다. 유나가 워낙 자신의 얘기는 잘 안 하는 성격이니까요."

고등학생도 참가하는 대회에서 2위를 했다는 것은 실로 엄청난 일이다.

요즘 요리 영재들은 초등학교 때부터 요리에 특화된 교육을 받으면서 고등학교 진학을 요리고등학교로 정한다고 했다.

그러다 대학에 진학하면 전공대로 유학을 떠나거나 대가로부터 사사하는 경우도 있었다.

그런데 지원은 못해줄망정 아이의 앞길을 막을 뻔했다니.

'도술로는 독심술을 못 부리니 이것 참…….'

아무리 신묘한 술법을 부리는 도술사라곤 해도 사람의 마음까지 읽을 수는 없었다.

최고의 도술사인 유하조차 동생의 마음은 알아챌 수가 없었다. 사람과 사람 사이의 대화는 이래서 중요하다고 하는 모양이다.

"제가 오늘 제대로 한번 얘기해 보겠습니다."

"그러시겠어요?"

상담을 마친 유하의 마음은 복잡해졌다.

* * *

방과 후, 유나가 유하의 호출을 받고 교문 옆 담벼락으로 달려갔다.

"헤헤, 오늘은 오빠랑 집에 갈 수 있다! 앗싸!"

오랜만에 오빠와 시간을 보낼 수 있다는 생각에 한껏 기분이 좋아진 유나다.

방과 후 요리교실까지 결석해 가면서 집으로 돌아가려는 이유는 모두 유하 때문이다.

이윽고 그녀는 유하가 서 있는 곳에 도착했다.

"오빠!"

"왔구나."

"헤헤, 어쩐 일이야, 오빠가 집에 먼저 안 돌아가고?"

"차비 아끼고 좋잖아?"

"그런가?"

"좋겠네. 버스비 굳었으니 용돈이 그만큼 늘어난 것 아니야?"

"후후, 그렇군!"

유하는 갓길에 세워둔 자동차 차문을 열었다.

"타."

"응."

동생을 차에 태운 유하는 핸들을 돌려 집과 반대방향으로 향했다.

유나가 고개를 갸웃거렸다.

"어라? 오빠, 여긴 우리 집으로 가는 길이 아니잖아?"

"그래, 아니지."

"그럼 어디로 가는 거야? 혹시 외식하는 거야?"

"외식은 아니고, 외식을 할 수 있도록 만드는 곳이지."

"뭐? 그게 무슨 소리야?"

"비밀이다. 가보면 알아."

유하는 차를 몰아 목포의 번화가가 집중되어 있는 중심지로 향했다.

전라남도 도청이 있는 번화가 주변에는 각종 자격증 학원이 줄지어 늘어서 있었다.

그는 그중에서도 요리학원이 밀집되어 있는 곳에 차를 세웠다.

"어라? 여긴……."

"요리학원이야. 요즘 학교에서 요리 배운다면서?"

"그, 그건……."

"왜 말을 안 했어?"

유나는 고개를 푹 숙였다.

"언니는 집이 어려워서 대학도 못 갔는데, 내가 요리를 배운다고 하면……."

"그렇다고 이렇게 아무런 말도 안 하면 내가 알 수가 없잖아. 하마터면 네 앞길 망칠 뻔했어."

"……."

유하는 유나의 어깨를 두드리며 말했다.

"이제 집이 조금 나아졌으니까 요리학원 정도는 다닐 수 있어. 그러니 너무 걱정하지 마."

"저, 정말?"

"그래, 오빠가 돈을 잘 번다고 할 수는 없지만 네 요리학원비는 대줄 수 있어."

순간, 유나가 유하의 품으로 쏙 파고들었다.

"고마워! 역시 오빠밖에 없어!"

"어이구, 이 자식이……."

"앞으로 정말 열심히 할게!"

"하하, 그래. 기왕지사 하는 김에 열심히 해봐."

"응!"

유하는 차에서 내려 요리학원으로 올라갔다.

*　　*　　*

요리라는 분야가 점점 세분화되고 요리사라는 직업이 각광을 받으면서 예전보다 훨씬 더 빨리 진로를 준비하는 청소년이 많아졌다.

어려서부터 공부와 요리를 병행하면서 점점 엘리트 과정에 가까워져 가는 사람이 많아졌다는 소리다.

때문에 요리학원에는 진학반이 따로 준비되어 상당히 많은 학생을 수용하고 있었다.

요리를 가르치는 사람은 서울 하인스호텔의 총주방장으로 10년 넘게 근무했으며, 외식조리학과 겸임교수를 맡고 있는 사람이었다.

비록 나이가 좀 많기는 해도 자신만의 노하우를 학생들에게 가르치는 데 여념이 없어 보였다.

"흔히 아는 까르보나라는 이탈리아 광부들이 먹던 음식이다. 지금 시중에서 판매하는 크림스파게티와 혼동하기 쉽지만, 그것은 모두 한국인의 입맛에 맞게 개량된 것이다. 원래 소스는 계란 노른자로 만든다."

유나는 음식에 대한 이론부터 차근차근 가르치는 교수를 바라보며 눈을 반짝거렸다.

비록 학과 성적이 좀 떨어지긴 해도 요리에 대한 흥미나 열정은 전문가 못지않은 듯했다.

유하는 그 모습을 지켜보며 흐뭇한 미소를 지었다.

'진즉 학원에 보낼 걸 그랬군.'

공부와는 담을 쌓은 왈가닥 소녀인 줄 알았더니 이제 보니 요리가 좋아서 정신이 없었던 모양이다.

상담 결과, 부산에 있는 요리고등학교에 가려면 학과 성적도 중요하다고 했다.

경쟁률이 3:1에 달하기 때문에 수상 경력만 가지고는 진학이 힘들 것이다.

하지만 지금부터 유채에게 과외를 받아서 성적을 올린다고 했으니 한번 기대를 걸어보는 것도 좋을 것 같다.

유하는 유나가 다니는 요리학원의 수강 신청을 3년 동안 연장할 수 있도록 돈을 지불해 두었다.

아마 앞으로 유나는 돈 걱정하지 않으면서 요리를 배울 수 있을 것이다.

자격증 시험도 간간이 치른다고 하니 유나의 재능을 충분히 살릴 수 있다고 유하는 기대했다.

그날 저녁, 유채는 유나가 도 대회에서 2등을 했다는 소식을 전해 들었다.

그제야 그녀는 유나가 어째서 그렇게 귀가가 늦었는지 이해할 수 있었다.

"말을 하지. 나는 그런 것도 모르고 혼만 냈잖아."

"…언니는 대학도 못 갔는데 내가 요리를 한다고 하면 화를 낼 것 같아서……."

그녀는 고개를 가로저었다.

"그런 말도 안 되는 소리가 어디 있어? 그땐 집안 형편이 좋지 않아서 그런 것뿐이야. 지금은 오빠가 김치 공장도 하고 있으니까 괜찮아."

"그렇지만……."

유채는 유나가 어떤 마음인지 충분히 알 것 같았다.

그녀는 유하가 빚을 내서라도 대학을 보낸다는 것을 억지로 뿌리치고 스스로 대학을 그만두었기 때문이다.

그 당시 그녀는 유나와 같은 마음으로 대학을 그만두었다.

그렇기 때문에 더더욱 유나가 요리에 대한 꿈을 접지 않았으면 하고 바랐다.

"언니도 이제 다시 수능공부를 시작해서 더 좋은 대학에 갈 거야. 오빠가 밀어준다고 했거든."

"정말?"

"그래, 정말이야. 그러니 너도 함께 열심히 공부하자."

"좋아! 대신 언니가 많이 도와줘야 해."

"후후, 알겠어. 대신, 너도 언니 맛있는 요리해줘. 그럼 공평하지?"

"응!"

중산층 자녀들처럼 마음대로 유학을 보낼 형편은 아니지만 지금의 유하라면 두 아이의 뒷바라지를 하는 것이 불가능하진 않았다.

다만 당분간 생활비를 조금 줄여서 생활하는 등의 노력은 필요할 것 같다.

'더 열심히 일해야겠군.'

지금까지 유하는 자신을 희생하며 살아왔다.

만약 지금부터 유나를 뒷바라지한다면 언제 자신만의 생활을 찾을지 알 수 없었다.

하지만 그럼에도 불구하고 유하는 계속해서 그 길을 가려 한다.

그는 어려서부터 자신이 돈을 벌어야 한다는 사명감을 갖고 있었고, 그 사명감이 그를 만들었다.

유하는 그 책임감을 원동력 삼아 끊임없이 자신을 단련했다.

그는 오늘도 굳은 의지를 되새겼다.

*　*　*

주말 저녁, 유하는 목포의 한 포장마차에서 술을 마셨다.

긴 생머리에 아름다운 외모의 그녀, 유하는 그녀에게 계속해서 술을 따라주었다.

"조금 더 비싼 것을 대접하고 싶었는데요."

"아니에요. 이 정도면 훌륭하죠. 술자리가 중요하지, 술이 중요한가요?"

유나의 담임 연희진은 상당히 소탈한 사람이었다.

진로 상담에서 큰 정보를 제공해 준 그녀에게 유하는 저녁을 사주고 싶다고 연락했다.

그랬더니 그녀는 밥보다는 술이 좋다고 솔직하게 말했다.

처음엔 과연 무슨 술을 사주어야 하나 고민이 큰 유하이지만, 그것은 모두 기우에 불과했다.

그녀는 아주 간단명료하게 세발낙지에 소주나 한잔하자고 제안했다.

그래도 동생의 담임인데 어떻게 소주를 마시겠는가 싶던 유하지만, 시간이 지날수록 잘 왔다는 생각이 들었다.

연희진은 겉모습과는 달리 인간미가 넘치는 사람이었다.

"대학을 졸업하고 막 부임했을 때엔 소주를 한 잔도 못 마셨어요. 하지만 지금은 두 병은 거뜬해요."

"많이 느셨군요."

"선생이라는 직업이 생각보다 스트레스를 많이 받거든요. 그런데 정작 그 스트레스를 풀 곳은 별로 없어요. 그래서 이따금씩 마시다 보니 술이 늘었네요."

유하는 그녀를 바라보며 씁쓸한 미소를 지었다.

"저도 그랬습니다. 어려서 너무 힘든 나머지 소주에 한번 손을 댔는데 그 이후론 술발로 일합니다. 뱃사람들이 어째서 소주를 끼고 사는지 이해할 수 있게 됐지요."

"호호, 그런 점은 우리 둘이 닮았네요."

"그런가요?"

그녀는 유하를 바라보다 망설이더니 입을 열었다.

"저기……."

"말씀하시지요."

"괜찮으시다면 가끔 소주나 한잔하지 않으실래요?"

"네, 네?"

"아, 별다른 뜻이 있는 건 아니고 그냥 술친구가 생기면 좋을 것 같아서요."

그녀의 돌직구에 유하는 어안이 벙벙했다.

"좀… 부담스러운가요?"

"아, 아닙니다! 그게 아니고……."

유하는 가만히 그녀를 바라보다 이내 실소를 흘렸다.

"후후, 이런……. 제가 긴장했나 봅니다. 순간적으로 무슨 말인가 한참을 생각했습니다."

"긴장이요?"

"아무래도 선생님이시니까요."

그는 그녀의 잔을 채워주며 말했다.

"좋습니다. 저도 선생님이 인간적으로 참 괜찮다고 느끼던 찰나였습니다. 오히려 술친구가 되어주신다면 제가 큰 영광이지요."

"훗, 영광까지야……. 아무튼 고마워요. 있는 그대로 봐주셔서요."

"사람과 사람이 함께하는 데 곡해할 것이 뭐가 있습니까? 마음 맞으면 술친구도 될 수 있지요."

"오픈마인드네요."

두 사람은 잔을 부딪쳤다.

팅!

"그럼 친구 된 기념으로 한잔합시다."

"좋지요."

학부형과 담임, 조금은 불편한 사이지만 두 사람은 진심으로 교감을 나누었다.

제3장
다가오는 위협

이른 아침, 유하는 POA물산의 간판을 떼어내고 새로 간판을 교체하는 작업을 진행했다.

뚝딱뚝딱!

예전에 유하는 아주 잠시 간판업체에서 일한 적이 있는데, 그때 아크릴 간판을 붙이는 방법을 배웠다.

아크릴 간판을 붙이는 방법은 생각보다 어렵지 않기 때문에 손재주만 조금 있으면 얼마든지 제작할 수 있었다.

하지만 밤이 되면 조명등을 받지 못하기 때문에 자체 조명보다는 보조 조명을 설치하여 빛을 주는 편이 나았다.

그렇기 때문에 외관상으로 보이는 이미지가 비교적 저렴해 보인다는 단점이 있었다.

하지만 어차피 이곳에서 직접 판매를 진행할 것은 아니기에 간판은 중요하지 않았다.

약 이틀간의 작업 끝에 유하는 드디어 간판을 완성했다.

[상명물산]

유하는 자신이 손수 만든 간판을 바라보며 흡족한 미소를 지었다.

"으음, 좋군."

상명은 원래 유하가 살던 동네의 지명인데, 사람이 별로 살지 않게 되면서 영천에 귀속되었다.

하지만 영천 역시 사람들이 빠져나가면서 영천리로 격하되었다.

지금 영천에 사는 사람치고 상명이라는 이름을 좋아하는 사람은 드물지만, 그는 예전에 부유했던 상명을 떠올리며 회사의 상호를 바꾸었다.

간판을 뜯어고친 유하는 이제 이곳으로 모든 기반을 옮기기로 했다.

김 노인의 젓갈 공장에 있는 부대시설과 젓갈통을 모두 공장으로 옮긴 유하는 그 아래에 깊이 4미터의 토굴을 파서 담아놓은 젓갈을 모두 저장해 놓기로 했다.

퍽퍽퍽퍽!

공장 앞마당에 있던 부지에 구덩이를 파고 그 안에 시멘트를 양생시켜서 만들어질 토굴은 얼추 김 노인이 가지고 있던 토굴과 모양이 비슷할 것이다.

다만 그 안의 환경을 조성하는 것은 유하의 몫이다.

유하는 토굴 공사장에 임시 레일을 깔고 그 위에 손수레가 지나다닐 수 있도록 길을 만들었다.

그리고 그 끝에는 혼자서 삽질을 할 수 있는 도깨비들을 일렬로 늘어놓아 땅을 파는데 가장 효율적인 시스템을 구축했다.

덕분에 땅굴을 파는 데 그리 오랜 시간이 걸리지는 않을 것 같았다.

내버려 두기만 하면 알아서 땅을 파주는 도깨비들이기에 쉬는 시간이 필요 없기 때문이다.

유하는 도깨비들이 작업하도록 내버려 두고 토굴을 지탱할 기둥을 세우는 중이다.

쾅쾅쾅!

토굴 내부는 모두 흙으로 되어 있기 때문에 갱도 안에 철근을 심고 그 위에 나무를 덧대어 콘크리트를 쳐야 한다.

이 작업은 기계에 맡길 수 없는 정밀 작업이기 때문에 모든 것은 수작업으로 이뤄진다.

철근을 세우고 바닥을 다져놓은 유하는 천장에 철근을 연결하고 그 위에 나무를 덧대었다.

이제 이곳에 전선을 연결시켜 전기가 들어올 수 있도록 설비만 하면 기초공사는 모두 끝나는 셈이다.

그는 무려 15미터나 되는 토굴을 바라보며 잠시 숨을 골랐다.

"후우, 쉽지 않군."

간판부터 토굴까지 모든 시설을 유하 혼자서 한다는 것이 결코 쉬운 일은 아니었다.

하지만 이렇게 함으로써 기반 시설을 한군데로 모을 수 있으니 이보다 더 좋은 일은 없었다.

그는 잠시 쉬면서 동굴 도면을 확인해 보았다.

컴퓨터 오토 CAD를 사용할 수 없는 유하이기 때문에 도면은 모두 손으로 그린 것이다.

하지만 그의 뛰어난 눈썰미 덕분에 모난 곳은 없는 것 같았다.

"좋아, 잘되어가는군."

이제 남은 것은 콘크리트를 양생시키는 일. 그는 목포 시내로 건축 자재를 구하러 길을 떠났다.

* * *

POA물산에 속해 있던 공장과 창고는 대부분 간척지 주변에 몰려 있는 산지에 세워져 있었다.

그리고 지금 유하가 상명물산 본사 건물로 사용하는 제1창고는 우연치 않게도 배추밭 근처에 있었다.

한마디로 건물만 바뀐 것이지 기틀은 전혀 변하지 않았다고 볼 수 있었다.

유하는 제1창고 앞의 토지 1만 평을 사들이고 그곳에 배추를 심기로 했다.

목포의 해풍을 맞으며 자라난 배추의 품질은 좋지만 이곳에서 배추농사를 짓기엔 조금 무리가 있었다.

때문에 이 근방의 땅값은 생각보다 싼 편이어서 지금 유하가 가진 돈이라면 충분히 구매가 가능했다.

부동산에서 계약서를 작성하여 소유권 이전을 마친 유하는 이곳에 높은 장막을 쳤다.

그리고 그 안에 비닐하우스를 세워 지금보다 훨씬 더 배추를 재배하기 좋은 환경을 만들기로 했다.

뚝딱뚝딱!

비닐하우스 역시 유하가 직접 치기로 했는데, 뼈대만 제대로 세우면 그리 큰 문제는 없을 것이다.

타원형으로 된 비닐하우스의 뼈대를 세우고 나면 비닐을 치는 일은 그리 어렵지 않았다.

요즘엔 비닐하우스를 혼자 칠 수 있도록 모든 것이 조립식으로 되어 있기 때문에 손이 모자라도 크게 상관이 없기 때문이다.

유하는 현운을 크레인 삼아 타고 다니면서 비닐하우스 뼈대를 조립했다.

"현운, 왼쪽으로 가자."

뭉게뭉게.

원래 비닐하우스를 치던 인력은 2인 1조였다.

이것은 한 사람이 위로 올라가 고정 작업을 하면 보조가 아래에서 물건을 올려주고 사다리를 옮겨주어야 하기 때문이다.

하지만 요즘 들어 몸집이 커진 현운을 타고 이동하게 되면 사다리가 필요치 않으며, 수납공간까지 생겼다.

유하는 여기에 자신만의 보조를 두고 작업을 이어나갔다.

"2번 스패너."

—끼룩끼룩.

자라는 이제 약 직경 50㎝가량으로 자라났는데, 이젠 꽤나 머리를 굴릴 줄 알게 되었다.

유하가 한 번 가르친 것은 절대로 까먹는 일이 없어서 작업의 보조로 데리고 다니면 꽤 유용했다.

끼릭끼릭.

오늘 할당량은 열 개의 하우스 중 두 번째 뼈대, 그는 마지막 너트를 끼운 후 이내 현운에서 내려왔다.

"이만하자. 시간이 늦었네."

—끼룩끼룩.

뭉게뭉게.

여기서 유하와 제대로 대화를 나눌 수 있는 이는 아무도 없었다.

하지만 이 구름과 새끼 현무는 누구보다 유하의 마음을 잘 이해하는 동료였다.

"집으로 가자고."

—끼룩.

유하는 동료들을 데리고 안식처인 집으로 향했다.

* * *

POA물산을 인수하고 난 지 한 달, 유하는 얼추 상명물산의 기반을 잡아갔다.

1만 평 부지의 땅에 비닐하우스를 모두 세웠고, 젓갈과 김치를 저장할 수 있는 토굴 열 개를 완성했다.

토굴은 길이 30미터에 높이 3미터로 한 달 내내 물량을 조달해도 충분한 크기이다.

아침에는 김치를 배달하고 점심에는 염전을 일구면서 틈틈이 완성한 것이 이 정도이다.

저녁에는 조업까지 해야 하니 유하는 제대로 휴식을 취할 시간이 없었다.

그는 자신을 보조하며 사업을 함께 진행해야 할 사람이 필요하다는 것을 깨달았다.

유하는 가장 먼저 회사 내부의 일을 총괄하며 경리 업무와 배송까지 책임질 직원을 뽑기로 했다.

목포, 무안, 신안 지역은 생각보다 인구가 꽤 많기 때문에 구인광고를 내면 사람이 몰릴 것이다.

또한 대학을 졸업하고 집에서 노는 광주의 취업준비생이 생각보다 많기 때문에 구인은 그리 어렵지 않을 터였다.

하지만 문제는 그와 함께 끝까지 일할 수 있는 사람을 구하는 일이었다.

유하가 내건 조건은 주 6회 근무에 격주로 토요일 휴무이며 초봉은 130만 원이었다.

출근 9시, 퇴근 5시 30분인 것을 감안하면 상당히 괜찮은 조건이었다.

그러나 사람들은 무조건 편하게 일하려 꾀를 쓸 뿐, 정말 자신이 회사에 필요한 사람이 되고자 하는 의지가 없었다.

총 열 명의 면접 지원자가 유하를 찾아왔는데, 이 중에 고졸 학력이 다섯 명에 대졸이 다섯 명이었다.

고졸 학력을 가진 사람들 중에는 꽤 경력이 긴 사람도 있었고 다수의 자격증을 보유한 사람도 있었다.

그렇지만 면접에 임하는 자세가 글러먹었다.

"우리 회사에 지원한 계기가 뭡니까?"

"편해 보여서요."

"절대 그렇지 않을 텐데요?"

"그럼 안 할래요. 내가 뭣 하러 이 시골 깡촌까지 기어들어와요? 안 그래요?"

"……."

첫 번째 면접자부터 아주 불량한 자세로 들어서더니 뒤를 이은 대부분의 지원자가 그러했다.

무려 아홉 번의 면접, 이제 유하는 포기 상태에 이르렀다.

"…마지막이시네요."

"그렇군요."

이력서를 살펴보던 유하는 그에게서 아주 특이한 이력을 찾을 수 있었다.

"사업? 사업을 하셨네요."

"네, 그렇습니다. 서울에서 도시락 사업을 했습니다."

"실례가 되지 않는다면 사업이 어떻게 되었는지 여쭤도 되겠습니까?"

"잘되지는 않았습니다."

"아, 그렇군요."

이 청년은 올해로 26세, 사업에 참패하고 고향으로 내려왔다고 하기엔 다소 어린 나이였다.

그러나 요즘 젊은 사람들이 사업에 손을 대는 일이 그리 드문 일은 아니니 흠이 될 것은 아니었다.

"주소를 보니 신안군에 속해 있군요."

"이곳에서 그리 멀지 않습니다. 마을버스 한 번만 갈아타면 됩니다."

"그래도 아침 9시까지 출근하자면 최소한 7시에는 일어나야 할 텐데, 괜찮겠어요?"

"일하는 데 이런저런 핑계를 대면 돈은 언제 법니까? 그런 것은 아무래도 상관없습니다."

유하는 이제야 좀 괜찮은 사람이 들어왔다고 생각했다.

그는 곧이어 면접자의 이력서에 나와 있는 상세 내역을 살펴보았다.

"국가공인자격증이 열 개, 비공인자격증이 열다섯 개군요.

자격증이 꽤 많으시네요."

"어쩌다 보니 그렇게 되었습니다. 사업을 하다 보니 여기에 좋다, 저기에 좋다, 뭐 이런 식으로 추천을 받아서 취득했지요."

"어때요? 도움은 되었습니까?"

"…뭐, 살아가는 데 걸림돌은 되지 않더군요."

딱히 이 많은 자격증을 가지고 있다고 해도 큰 활용도가 없었다는 소리다.

하지만 이제 그가 가진 자격증은 유하와 함께 일하면서 슬슬 빛을 발하게 될 것이다.

"월급은 마음에 듭니까?"

"물론입니다. 초봉이 이 정도면 괜찮습니다."

"무엇보다 오래 일해야 합니다. 갑자기 그만두면 곤란해요."

"저도 남자입니다. 자신이 벌인 일에 책임질 줄은 압니다."

"그렇군요."

유하는 마지막으로 그에게 입사 동기를 물었다.

"좋습니다. 마지막으로 하나만 묻겠습니다. 우리 회사에 지원하게 된 계기가 뭡니까?"

그는 두 번 생각할 것도 없다는 듯이 말했다.

"신생 회사 아닙니까? 당연히 이곳에서 저의 비전을 키우는 것이 마땅하다고 생각했습니다. 스스로 회사를 이끌어나가기엔 역량이 모자라다고 느꼈습니다. 그러나 사장님께선 그에 합당한 역량을 갖추었다고 믿습니다."

"후후, 그것 참 부담되는 말이군요."

"진심입니다."

유하는 그에게 직원카드를 건넸다.

"이걸로 아침에 출근해서 문을 열면 됩니다. 자세한 근무 내용은 내일 출근해서 브리핑하도록 하겠습니다."

"합격입니까?"

"그러니까 출근하라고 하겠지요?"

"감사합니다!"

"별말씀을요. 잘 부탁합니다."

"예, 사장님!"

유하는 젊은 그의 패기가 상당히 마음에 들었다.

* * *

서울 강북의 한 모텔.

이곳은 이제 곧 철거된다는 소리만 벌써 20년째 듣고 있는 중이다.

20년 전, 재개발이 선포되었다가 전면 백지화되는 바람에 이곳은 뼈대만 간신히 남은 폐건물이 되어버렸다.

빨간색 벽돌은 당시엔 상당히 정열적이고 외설적인 분위기를 자아냈지만, 지금은 그저 을씨년스러운 흉물처럼 보일 뿐이다.

때문에 사람들은 이곳에 귀신이 나온다고도 하고, 어떤 이들은 얼마 전에 생매장 사건이 일어났다고도 했다.

물론 그 모든 소문은 헛소문이다. 오랜 시간이 지나 이 건물이 동네 흉가로 변해 버린 탓에 생긴 소문이었다.

뜬소문이든 뭐든 이곳은 이제 제대로 된 건물로서의 구실을 할 수 없게 되었다.

그러나 3개월 전, 이곳은 한 외국인에 의해 구매되어 소유권 이전이 진행되었다.

동네에 사는 그 누구도 모르는 사실이었지만, 분명 누군가 이곳을 썩 괜찮은 값에 사들였다.

늦은 밤, 건물주로 보이는 한 사내가 승합차를 이끌고 나타났다.

부아아아앙!

낡아빠진 승합차에는 총 다섯 명의 남녀가 앉아 있었다.

그런 가운데 운전석에 앉은 사내가 주차장에 차를 세우고 건물 문을 열었다.

끼이이이익!

"…으스스한데?"

"겉만 이래. 안으로 들어가 보면 입이 떡 벌어질걸."

"제발 좀 그랬으면 좋겠네."

남자 둘, 여자 세 명으로 구성된 이들은 차에서 내려 사내를 따라 지하로 들어갔다.

다 낡아 곰팡이가 피다 못해 건물 내벽이 흐물흐물해져 버린 이곳의 전경은 경악 그 자체였다.

경매 당시 이 물건은 무려 50회나 유찰되었고 법원 경매에 등재된 채 버려져 있었다.

그것을 사내가 사들여 최근에 소유권 이전을 한 것이다.

"닉, 정말 이곳에서 지내도 되는 것이지?"

"후후, 그렇다니까."

그의 이름은 닉, 한국 이름은 정철수다.

상당히 흔한 동양인의 외모를 가진 그이지만, 억양이나 악센트를 보면 오리지널 뉴요커처럼 보였다.

이렇게 조금은 어눌해 보이는 그의 한국말이 그가 미국에서 오랜 세월 살아왔다는 것을 반증했다.

닉은 계속해서 사람들을 지하로 인도했는데, 지하 2층에 도달하자 두꺼운 철문이 모습을 드러냈다.

"원래 진흙에 파묻힌 진주는 제 모습을 잘 드러내지 않는

법이지.”

끼이이이익!

철문을 열어젖힌 닉이 슬그머니 미소를 지었다.

“이곳이 바로 우리의 비밀기지다!”

두꺼운 철문 뒤에 숨겨진 광경은 그야말로 감탄사가 절로 나올 정도로 화려했다.

마치 미국 비버리힐즈의 최고급 맨션에서나 볼 법한 고급스럽고 모던한 인테리어의 지하실은 약 200평에 걸쳐 펼쳐져 있었다.

아마도 이 정도의 규모라면 상당히 오랜 기간 공사를 진행했을 것이다.

“3개월 동안이나 어디에 처박혀 있나 했더니 이 짓거리를 하고 있었군.”

“하하, 어때, 나의 작품이?”

“좋긴 한데, 굳이 이렇게까지 해야 하나 싶네.”

“집은 하나의 작품이야. 당연히 최선을 다해야지.”

이윽고 닉의 동료들이 지하실에 짐을 풀고 자신의 방으로 들어가 옷을 갈아입었다.

최대한 편한 옷으로 갈아입은 그들이 거실로 모이는 데엔 약 한 시간이 걸렸다.

잠시 후, 거실로 모인 그들은 저마다 노트북과 태블릿PC를 가지고 있었다.

"자자, 다 모였나?"

"그런 것 같군."

닉의 뒤에 서 있는 최성국이 말했다.

"이제부터 본격적으로 설계를 시작해 보자고."

"좋지."

최성국은 대한민국에서 둘째가라면 서러워할 정도로 번듯한 직장에 다니고 있다.

그의 정식 직함은 대한민국 검찰청 특수수사과 과장검사. 한국에선 꽤나 명망이 높은 자리다.

하지만 그의 이면은 사람들은 전혀 상상도 못할 정도의 반전을 가지고 있었다.

그는 주식시장에서 꽤나 굵직굵직한 작전들을 성공시켜 떼돈을 만진 작전주 설계사였다.

대한민국 현직 과장검사가 작전주를 설계하는 범죄자라니, 국민이 알면 깜짝 놀라 까무러칠 만한 이야기였다.

그러나 그는 이 팀의 리더이며, 업계에서는 알 만한 사람은 다 아는 진정한 '꾼' 이었다.

그가 움직여 실패한 작전이 없었고, 지금도 그는 불패의 기록을 갱신하기 위해 팀을 꾸렸다.

그중에 한 명이 바로 이 건물을 매입한 외국계 무역회사의 중역 정철수였다.

정철수는 자신의 외국 자산을 이용하여 투자 법인을 설립한 후 바람을 넣는 이른바 '검은 머리 외국인', 한마디로 바람잡이였다.

"전주는 어떻게 되었나? 섭외되었나?"

"물론."

최성국에게 프로필을 건네는 그녀의 이름은 정미주로 이 업계에선 박카스로 통했다.

정미주는 증권가뿐만 아니라 부동산 투기에도 손을 뻗치고 있는 로비스트였다.

이 바닥에선 그녀를 두고 천재적인 몰이사냥꾼이라고 부르는데, 작전을 터뜨릴 돈을 모으는 역할을 하기 때문이다.

그녀가 가진 실제 재산은 그리 많지 않지만, 그녀가 가진 인맥은 그야말로 무궁무진했다.

방위산업체 로비스트로 10년 넘게 일해온 그녀는 표면적으론 자산관리사로 활동하고 있었다.

비리와 정경유착이 판을 치는 방위산업체 로비스트에게 자산관리사라는 타이틀은 꽤나 큰 강점으로 작용했다.

암암리에 돈을 긁어모으는 방법 중 이 타이틀을 쓰는 것이 가장 효과적이기 때문이다.

그녀는 최성국에게 이번 작전에 사용될 자금을 댈 전주의 프로필을 건넨 것이다.

"충북이라……. 내 고향과 그리 멀지 않군."

"그쪽에선 유지 소리 듣는 사람이야. 세력으로 잡고 가기엔 충분해."

"그래, 그런 것 같군."

프로필에 나온 사람은 최성국 역시 아주 잘 아는 사람이었다. 하지만 그것만으론 작전을 시작할 수가 없었다.

그는 이제 가장 중요한 차트관리인에게 프로필을 넘겼다.

"어때?"

"으음, 스펙은 좋군. 지역구 의원에 뒷배도 든든하고."

"괜찮겠어?"

"오케이. 이놈으로 하자."

작전에 필요한 기간과 규모에 대한 차트를 만들고 그것을 관리하면서 실제 작전을 조율하는 사람인 차트관리인은 실제 주식시장과 가장 가까운 곳에서 생활했다.

이 작전의 차트관리인은 대한민국 최고의 펀드회사 서울증권에 다니는 염성환 차장이었다.

그가 찍은 주식은 반드시 수익을 냈고, 그 역시 꽤나 많은 사람의 자산을 관리하고 있었다.

그러나 그것은 정보전에서 우위를 점하기 위해 내세운 가면에 불과했다.

그는 중간 규모 이하의 작전을 혼자 진행하면서 스스로 크고 작은 돈을 벌어왔다.

한마디로 이 바닥에서 꽤나 오래 굴러먹었다는 소리이고, 그것이 가능했던 것은 모두 펀드회사에 근무하고 있기 때문이다.

"아니, 잠깐. 나도 한 번은 봐야지?"

"아참, 그렇군."

마지막으로 전주의 프로필을 받은 사람은 이 팀에서 실제 구매와 판매를 담당하게 될 수족이다.

그녀는 개미 출신 투자전문가로, 증권가에선 작살귀신으로 통했다.

작전주를 끈질기게 추격해서 쥐도 새도 모르게 주식을 사냥한다고 해서 붙여진 별명이다.

실질적으론 돈이 그녀의 손에서 놀기 때문에 팀에겐 총무와 같다고 할 수 있었다.

"괜찮지?"

"으음, 좋군. 이 정도면 충분해. 뒤탈도 없을 것 같고."

"후후, 네가 좋다면 다 된 것이지."

이제 모두가 프로필을 읽어보았으니 본격적으로 다음 단계로 넘어갈 차례였다.

"이번에 우리가 호구로 돌릴 회사야. 전남 지역에서 세균을 키우고 있던 곳이지."

"세균?"

"혹시 O—157이라고 들어봤어?"

"그건 대장균 아니냐?"

80년대, 혹은 그 이전 출생자라면 O—157에 대해서 익히 잘 알고 있을 것이다.

한때 식중독을 일으키는 병원성 대장균으로 악명을 날린 O—157은 대장에 출혈을 일으키는 치명적인 균이다.

당시 이 균이 대한민국 전역을 강타했을 땐 전국이 난리법석이었다.

초중고 모든 학교에선 물 끓여 먹기 운동이 벌어졌으며, 돼지고기와 소고기는 무조건 익혀 먹는 것이 상식으로 통했다.

한마디로 대장균 중에선 최고의 악당이라고 할 수 있는 O—157이다.

"그래, 대장균 맞아. 한데 이 대장균을 생화학 무기로 만들려다 붙잡힌 놈이 있어."

"뭐? 대장균을?"

"한때 한국군은 북한군의 생화학 무기에 대항하기 위하여 말도 안 되는 실험을 거듭한 적이 있었어. 하지만 시대가 변하면서 그 모습을 찾아볼 수 없어졌지. 지금과 같은 시대에 세균전은 말도 안 되는 일이니까. 그런데 그때 한국의 대화생

방부대에 근무하던 놈이 제대해서 회사를 차렸어."

"설마……."

"그래, 그 미친놈이 이 생화학무기를 개량해서 O—157의 돌연변이를 만들어냈지."

이 세상에는 돈을 벌기 위해 별의별 미친 짓을 하는 사람이 많다고 하지만, 도무지 어째서 그런 미친 짓을 하는 것인지 이해를 할 수 없는 일동이다.

"그런데 그 돌연변이 대장균이 어쨌다는 거야? 우리와 무슨 상관인데?"

"이 돌연변이 대장균은 사람의 대장에 들어가는 순간 미칠 듯한 복통과 구토를 일으켜. 증상은 오리지널 O—157과 비슷해. 그런데 현재 기술론 이것을 제대로 치료할 수 없어. 다들 알다시피 O—157은 죽으면서 더욱더 지독한 독성 세포를 만들어내거든. 그 미친놈이 개발한 돌연변이는 그 독성의 딱 열 배를 지니고 있어. 만약 이것에 항생제를 쓴다면……."

"곧바로 사망이겠군."

"치료법은 수액요법만이 유일해. 급성심부전이 일어난다면 뭐……."

"젊은 사람들은 몰라도 노약자나 어린이는 한 방에 저세상으로 가겠지."

"정답이야."

"…무시무시한 물건을 만든 놈이군. 검찰은 뭐 해, 그런 놈 안 잡아 죽이고?"

"도둑이 제 발 저린 거지, 뭐."

"자신들이 시킨 일이 수면 위에 드러날 것을 우려한 것이군."

"맞아."

그는 동료들에게 미치광이 생물학자의 사진을 건넸다.

"이놈이다. 이놈이 그 미친놈이야."

"으음."

"우리는 이 미친놈으로 돈을 벌 거다."

"뭐?"

"잘 만하면 아주 대한민국을 발칵 뒤집어놓고 수천억을 챙길 수도 있어."

"수천억!"

국가의 한 개 부서가 가진 총자산보다 많은 금액은 이들의 귀를 솔깃하게 만들었다.

"하지만 이 미친놈으로 뭘 어떻게 할 건데?"

"어떻게 하긴, 병 주고 약을 줘야지."

"병 주고 약 준다?"

"이 대장균을 전국 각지에 풀어놓으면 어떤 일이 벌어질까?"

"아주 난리가 나겠지."

"그래, 아마도 사스 정도는 걱정거리도 아닐걸."

일동은 고개를 가로저었다.

"그럼 사람이 죽을 수도 있어. 아무리 그래도 사람을 죽이는 건……."

"몇몇 사람은 죽을 수도 있어. 하지만 그렇게 몸이 약한 사람들은 원래 진즉 죽었어야 하는 사람들이야. 아무리 슈퍼대장균이라곤 해도 사람이 막 죽지는 않아."

"흐음."

"어차피 죽을 사람들, 우리가 호흡기 떼어준다고 생각하자고."

그는 사진과 함께 처음 보는 제약회사의 포트폴리오를 한 장 건넸다.

"이 회사는 놈이 설립한 거야. 우리는 그 난리 통에 이 회사를 계속해서 키워낸다. 놈은 대장균에 최적화된 치료약을 개발하고 있었어. 아니, 정확하게 말하자면 대장균에 대항하는 또 다른 대장균을 키워낸 것이지."

"치료약이 개발되긴 한 거야?"

"아니, 안정 단계에 이르지 못해서 시판되지는 않았어."

"그, 그런……."

"아무튼 우리는 이 대장균에 대한 치료약이 개발되고 있는 것처럼 찌라시를 뿌리고 배우까지 동원해서 연막을 치는 거다. 그렇게 되면 주가가 계속 오르겠지."

"그 이후엔?"

"언제나 똑같은 사이클이지. 주가가 정점을 찍으면 전부 다 팔아치우고 튀는 거야."

최성국은 대장균의 대항마로 세간의 관심을 끈 후 주식을 모두 팔아치우고 잠적할 생각인 것이다.

하지만 그것은 사람의 목숨까지 앗아갈 수 있는 행동으로 양심은 물론이고 영혼까지 팔아먹는 작전이다.

"어때?"

"으음."

"정 찜찜하면 빠져도 좋다. 대타는 얼마든지 구할 수 있으니까."

양심이 쥐어뜯기는 일이지만 검은 돈의 의혹은 결코 피하기 힘들었다.

"빠질 사람 있나?"

"……."

"좋아, 그럼 모두 작전에 참여하는 것으로 알게."

그는 사진 속의 남자를 가리키며 말했다.

"앞으로 일주일, 그 안에 내가 물건을 확보할 것이다. 너희들은 그동안 작전만 잘 준비하면 되는 거야. 알겠지?"

"오케이."

"그럼 다들 각자의 임무를 위해 움직이라고."

양심을 팔아먹은 폭주기관차가 슬슬 돌진을 시작했다.

*　　*　　*

신입사원이자 유일한 사원인 정일한은 꽤나 머리가 잘 돌아가는 편이었다.

유하의 사업이 어떻게 돌아가는지, 또 그것을 어떻게 굴려야 효율적으로 돌아갈지 이미 계산하고 있었다.

입사 일주일째, 그는 유하에게 직접 배달 오더를 전달해 줄 정도가 되었다.

"사장님, 오늘 신안군 어성리에 40포기 배달 있습니다."

"총 몇 가구죠?"

"네 가구입니다."

"어성리라……. 조금 먼 뱃길이 되겠군요."

"그렇지요. 하지만 그 옆에 있는 남성리까지 함께 주문했으니 뱃길이 그리 소원하지는 않으실 겁니다."

"남성리에 보낼 김치는 얼마나 되지요?"

"총 30포기입니다. 이 정도 규모라면 배를 띄울 만하겠지요?"

"그래요. 이 정도면 기름값이 빠지고도 남겠습니다."

정일한은 유하에게 그 밖의 배달지에 대해서도 일일이 설명해 주었다.

그의 설명은 두 사람이 토굴에서 김치를 꺼내어 트럭에 실을 때까지 이어졌다.

"신안군에 100포기, 무안군에 100포기, 목포 강변에 20포기입니다. 나머지는 아시죠? 목포 시내에 있는 영자네 홍탁입니다."

"양이 만만치 않군요."

"아마도 공동 구매 방식으로 돈을 모아서 한 포기씩 사는 모양입니다. 그쪽 할머니들이 워낙 알뜰하거든요."

"그건 그렇지요."

정일한이 이 일에 가장 적합한 이유는 바로 이 근방 지리에 상당히 밝다는 것이었다.

함께 짐을 실은 두 사람은 따로 배달을 시작했다.

"목포에 물건을 전달하고 나면 그곳에서 식사를 하십시오. 홍탁을 드셔도 좋고요."

"예, 알겠습니다."

경리 업무와 함께 제품 수주를 받는 정일한은 주문 건에 대한 1% 인센티브를 받고 그것을 오차 없이 배달하면 3%의 추가 인센티브를 받는다.

그러니까 배추 100포기를 배달하면 세 포기에 대한 인센티브를 챙길 수 있다는 소리다.

이것은 생각보다 짭짤한 돈벌이가 되는데, 하루에 50포기만 배달해도 한 달이면 족히 20~30만 원의 인센티브가 생기는 셈이다.

만약 이대로 가을철까지 주문이 계속해 밀리게 된다면 그는 한 달에 200~250만 원까지 챙길 수 있을 것이다.

그러니 그는 하루의 시작부터 끝까지 즐거울 수밖에 없었다.

"그럼 오후에 뵙겠습니다!"

"그래요. 퇴근할 때 봅시다."

유하는 그에게 목포 지역 배달을 모두 맡겨놓고 배를 몰아 신안, 무안 지역의 배달을 위해 떠났다.

제4장 순항

정일한이 경리와 일부 배달 업무까지 분담해 주니 확실히 유하가 할 일이 훨씬 줄어들었다.

덕분에 그는 조금 더 많은 하우스에서 배추를 재배할 수 있었고, 그것을 다듬어 김치를 담는 작업을 체계적으로 진행할 수 있게 되었다.

하지만 그는 더 이상 주문량을 맞추기에 빠듯한 지경이 되었음을 깨달았다.

이에 그는 영천 근처에 있는 폐업한 김치 공장을 인수하여 개조하기로 마음먹었다.

그는 독사의 독과점 횡포를 못 이겨 타 지역으로 거처를 옮긴 소형 공장 두 개를 인수하기로 했다.

이곳에는 배추를 해수에 절이고 천일염으로 염장할 수 있는 시스템이 모두 갖추어져 있었고, 심지어는 배추를 다듬어 김치를 버무릴 수 있는 인프라까지 구축되어 있었다.

이 정도 가성비라면 충분히 유하의 손을 훨씬 더 가볍게 해 줄 수 있을 것이다.

김치 공장을 인수한 유하는 기계가 돌아가는 전 과정을 자동화시키고, 그곳에 전기 대신 도력진을 새겨 넣었다.

이제 공장을 가동시키고 유지하는 데 들어가는 비용이 상당히 절약될 것이다. 하지만 이 도력진으로 기계를 작동시키게 되면 두 가지 문제점이 발생한다.

하나는 도력진으로 작동되는 기계이기 때문에 유하가 없으면 그 어떤 누구도 기계를 손볼 수 없다는 점이다.

그리고 또 하나는 전기회로를 도깨비불이 돌리다 보니 어디가 고장 난 것인지 제대로 알 수가 없다는 것이다.

도력진을 기계 곳곳에 새겨 넣어 김치 공장을 가동시킬 텐데, 유하는 이것을 한 번에 진단할 수 있는 능력이 없었다.

아니, 이 세상의 그 어떤 도술사도 이 복잡한 기계를 쉽게 진단할 수는 없을 것이다.

전기회로야 컴퓨터를 통하여 진단을 받고 문제를 해결한

다고 하지만, 도력진은 그것이 불가능했다.

때문에 한번 고장이 나면 상당히 애를 먹을 것이다.

그러나 이 또한 그가 반드시 겪어야 할 과정이니 더 이상 지체할 이유는 되지 못했다.

이제 그는 이곳에서 최종적으로 김치를 버무려 포장할 인력을 보충해야 했다.

배추를 다듬고 염장하는 일, 그리고 그것을 해수에서 빼내어 물기를 빼내는 작업까지 거의 모든 작업은 기계가 알아서 한다.

하지만 마지막으로 그것을 버무리고 통에 저장하는 일은 어쩔 수 없이 사람 손이 필요했다.

또한 배추를 절여 통에 담는 순간까지 그것을 감독해야 할 사람도 필요했다.

그는 영천에서 그리 멀지 않은 마을에서 인력을 조달하기로 했다.

김치 공장을 총괄하게 될 사람은 약 15년 동안 김치 공장에서 김치를 담가온 사람이었다.

그녀는 일당으로 고용한 동네 아낙들을 데리고 김치를 담그고 포장하는 일을 담당할 것이다.

올해로 서른둘이 된 그녀는 열일곱 살부터 목포 무안 지역을 돌아다니면서 갯벌 일과 김장 일을 했다.

덕분에 젓갈에 대해서 빠삭했으며, 해수김치에 대해서도 아주 박식한 지식을 가지고 있었다.

유하는 그녀에게도 인센티브제를 도입하기로 했는데, 회사의 판매율에 따라서 보너스가 지급된다는 조건이었다.

이 조건을 월급에 대입시키면 정일한과 비슷한 정도의 페이를 받게 된다.

때문에 그녀는 꽤나 성실하게 일에 임하게 될 것이다.

유하는 그녀에게 기기 사용 방법과 김치를 어떻게 담글 것인지에 대한 레시피를 전달했다.

어차피 양념은 유하가 담근 젓갈이어야만 제대로 된 맛이 나기 때문에 레시피를 공개해도 문제될 것은 없었다.

"제가 알려드린 3년 숙성 젓갈들을 위에 나와 있는 비율대로 섞어주십시오. 배추는 기계가 알아서 배추 속을 넣을 수 있을 정도까지 다듬을 겁니다."

"기본적인 것은 전 공장과 비슷하군요."

"그렇습니다. 아마 소라 씨께서 적응하기엔 우리 공장이 제격일 겁니다."

"정말 그렇겠군요."

유하는 그녀에게 직원카드와 회사 전화를 건넸다.

"받으십시오. 이것으로 공장 문을 열고 닫으시면 됩니다. 전화는 회사 전화를 사용하시고, 개인 전화는 개인적인 용도로만 사용하십시오."

"네, 알겠어요."

어차피 식사는 멀리 나가서 먹을 수 없어서 목포에서 도시락을 조달하기로 했다.

아마 도시락이 질리면 자신들이 알아서 차려 먹을 수도 있을 것이다.

유하는 그것을 위해 공장에 부엌을 마련하고 취사도구를 갖추어놓았다.

이제 이곳에서 먹고 잔다고 해도 부족한 것이 없을 것이다.

김치 공장까지 정상적으로 돌아가게 되면 유하는 젓갈을 담그고 배추를 생산하기만 하면 된다.

덕분에 그는 1만 평이 넘는 부지에서 배추를 수확하면서 새벽 조업을 나갈 수 있게 되었다.

* * *

늦은 밤, 유하는 흑산도 앞바다에서 술을 마시고 있었다.

꿀꺽!

"크흐, 좋다!"

"한 잔 더 받으시죠."

"그래, 그래!"

유하와 함께 술을 마시고 있는 사람은 다름 아닌 이부진이다.

그는 유하가 시간을 낼 수 있는 날이면 이렇게 불러내 술을 마시곤 했다.

"내가 괜한 시간을 빼앗는 것은 아닌지 모르겠군."

"아닙니다. 그런 말씀 마십시오."

"허허, 그렇다면 다행이고."

오늘은 이부진 역시 조업을 나가지 않고 배를 정박시켜 놓은 상태였다.

때문에 두 사람은 꽤나 오랜 시간을 술로 보낼 수 있을 것 같았다.

이부진은 유하에게 술을 따르며 말했다.

"듣자 하니 공장을 인수했다고 하더군."

"그냥 작은 공방 몇 개 인수한 것뿐입니다."

"허허, 그래도 장족의 발전을 이루었군. 그렇게까지 입지가 넓어진 것을 보면 말이야."

"아직 멀었습니다."

"그래, 그런 겸손한 자세를 항상 유지하고 다니게. 그것이 언젠가 가장 큰 자산이 될 테니 말이야."

"말씀 감사합니다."

그는 유하에게 명함을 한 장 건넸다.

"만약 시간이 난다면 이 사람을 한번 찾아가 보게."

"예, 어르신."

유하가 받은 명함에는 광주 역산교육재단 이사장의 이름이 쓰여 있었다.

"그놈은 내 고향 후배인데, 요즘 김치 파동 때문에 질 좋은 물건을 찾고 있더군. 내가 자네 얘기를 했더니 한번 만나보고 싶다고 하더군."

"그렇다는 것은……."

"자네도 역산재단 김치 납품업체가 될 수도 있다는 뜻이지."

"어, 어르신, 그렇지만……."

"내가 추천했으니 어지간하면 납품할 수 있을 걸세."

"하지만 그건……."

"내가 자네에게 주는 선물일세."

유하는 정중하게 명함을 거절했다.

"그러나 어르신, 저는 어르신께 선물을 받을 만한 일을 한 적이 없습니다. 제가 무슨 자격으로 이런 특전을 누리겠습니까?"

"허허, 역시 꽉 막힌 사람이군. 그럴 줄 알고는 있었지만 이렇게까지 확고할 줄은 몰랐네."

"죄송합니다."

"아니, 아니야. 자네가 단박에 승낙했다면 오히려 서운했을지도 몰라. 자네라면 몇 번이고 고사할 것이라고 생각했거든."

"그게 맞는다고 생각합니다."

"허허, 그래. 장사꾼은 자네처럼 청렴해야 해. 하지만 요즘 장사치들은 자신의 잇속만 챙기는 데 급급하지. 그래서 독사처럼 말도 안 되는 짓거리로 시장을 어지럽히는 놈들도 나타났지."

이부진은 그에게 다시 한 번 명함을 건넸다.

"그 미꾸라지 같은 놈들이 없어진 기념이라고 생각해 주게. 그렇다고 내가 일부러 말을 전해두었는데 번복하긴 좀 그렇잖아?"

"그래도……."

"받게나."

유하는 어쩔 수 없이 그의 명함을 받을 수밖에 없었다.

"좋은 기회를 주셨으니 반드시 실망시키지 않도록 하겠습니다."

"히히, 그리게."

아마도 이부진은 유하가 독사를 몰아내는 데 가장 큰 공을 세웠다는 것을 알고 있는 모양이었다.

그런 그의 선물을 받은 유하로선 조금 부담이 되긴 했지만,

노인의 선물을 계속해 고사하는 것 또한 예의가 아니었다.

그는 당장 내일이라도 역산교육재단을 찾아가기로 했다.

* * *

역산교육재단 이사장 김풍남은 유하를 먼저 자신의 관저로 안내했다.

아마도 이부진이 유하에게 명함을 건넨 것은 자신이 이미 손을 써두었다는 것을 알리기 위함인 듯했다.

김풍남은 일주일 전부터 유하를 초대할 계획을 가지고 있었다고 했다.

"요즘 같은 시대에 품질 경영과 함께 합리적인 가격을 고수하는 업체는 그리 많지가 않습니다. 형님의 얘기를 듣곤 딱 당신이다 싶었습니다."

"감사합니다."

그는 유하에 대한 얘기를 전해 듣고 난 후 만남을 가져서 그런지 유하에게 깊은 호감을 보였다.

"요즘 청년들은 거의 부드러운 선을 가졌는데 아주 다부진 선이 인상적이군요. 좋은 인상입니다."

"과찬이십니다."

사람은 겉모습으로 판단하면 안 된다고 하지만, 김풍남은 어려서부터 관상을 보아온 사람이었다.

사람은 보통 첫인상에서 호불호가 극명하게 갈렸다.

하지만 유하는 좋은 관상에 호담까지 겹쳤으니 호감이 가는 것은 당연한 일이었다.

"만약 계약을 맺는다면 언제부터 김치를 납품할 수 있겠습니까?"

"당장 내일부터라도 가능합니다."

"오호, 그렇게 빨리 가능하겠어요?"

"물론입니다. 지금보다 생산량을 조금만 더 늘리면 당장에라도 출하가 가능합니다."

"좋아요. 그럼 오늘 계약을 맺고 다음 주 월요일부터 정식 출고를 하도록 합시다. 어때요?"

"저야 영광이지요. 감사합니다."

"후후, 별말씀을요."

김풍남은 유하에게 악수를 건넸다.

"잘해봅시다."

"저야말로 잘 부탁드립니다."

역산교육재단 이사장의 손을 잡은 유하, 이제 그의 사업은 탄탄대로에 놓였다.

* * *

충남 지역에서 가장 혹독하기로 유명한 대전교도소.

이곳으로 검은색 세단이 들어섰다.

반짝반짝 윤기가 흐르는 이 국산 세단에는 서울중앙지검의 신분증이 붙어 있었다.

교도소 입구를 지키던 경찰과 경비원들이 그에게 거수경례를 올렸다.

"충성!"

"그래, 그래요."

대충 인사를 받은 그가 차량을 몰아 안으로 들어가려 하자 교도관이 그를 제지했다.

"과장님, 출입일지를 기록하셔야지요."

"…뭐요?"

"이곳에 들어온 사람은 무조건 기록을 남겨야……."

이내 차에서 내린 그는 교도관에게 나지막한 목소리로 말했다.

"이봐요, 나 몰라요? 나 최성국이야."

"그렇긴 합니다만 서명은 누구나 해야 하는 것이라서……."

"이 사람이 정말 말귀를 못 알아듣네. 봅시다, 교도관 양반. 당신이 검사 같으면 교도소에 흔적을 남기면서까지 들락

거리고 싶겠어?"

"그거야……."

"내가 꼭 박 기관장님께 전화를 드려야겠어요?"

기관장은 고위급 교정직으로, 말단 교도관에겐 그야말로 하늘과도 같은 존재다.

"아, 아닙니다! 제 생각이 좀 짧았던 것 같습니다!"

"후후, 그렇죠?"

최성국은 다시 차에 올라 교도소 안으로 들어갔다.

그런 그를 향해 네 명의 교도관과 경찰들이 일제히 경례를 올렸다.

"충성!"

"그래요. 수고하세요."

귀찮다는 듯이 그들을 지나쳐 간 최성국은 교도소 안 직원 주차장에 차를 세우고 면회장으로 향했다.

그는 면회장 접수처로 가서 슬그머니 명찰을 꺼냈다.

"서울지검 최성국 과장입니다. 좀 들어갈 수 있습니까?"

"죄송합니다만, 무슨 일로 그러십니까?"

"이런 사람을 좀 만나고 싶어서 말입니다."

접수처에 앉은 직원은 그가 건넨 신상 정보를 받아보곤 이내 고개를 끄덕였다.

"이쪽으로 오시지요."

"고맙습니다."

대전교도소에 지인이 꽤 있는 최성국이기에 굳이 면회 신청이 없어도 안으로 들어갈 수 있었다.

그는 교도소 면회실이 아닌 직원 휴게실로 향했다.

"부장님께서 이쪽에서 기다리시면 된다고 말씀하셨습니다."

"그래요. 고마워요."

지인이긴 하지만 굳이 지금 얼굴을 봐서 서로에게 좋을 것이 없기 때문에 그는 직접적인 볼일만 끝내고 돌아가기로 했다.

잠시 후, 파란색 죄수복을 입은 한 사내가 문을 열고 들어섰다.

그는 자동적으로 관등성명을 댔다.

"죄수번호 2456번……."

"됐어. 앉아."

죄수번호 2456은 최성국을 알아보곤 소스라치게 놀랐다.

"당신은……?!"

"앉으라고 했다."

지금 최성국의 앞에 선 사내는 전 화생방연구원 민경준이었다.

약 5년 전 최성국은 강원도의 한 별장에서 민경준을 체포하여 법정으로 넘겼다.

당시 민경준은 자신이 못다 한 실험을 끝내기 위해서 무려 5년간 은거생활을 했다.

가족들도 그의 행방을 모를 정도로 두문불출하던 그는 경찰의 집요한 수사 끝에 결국 덜미를 잡히고 말았다.

민경준은 그때 최성국을 본 이후론 더 이상 그의 얼굴을 보고 싶지 않았다.

하지만 운명은 얄궂게도 꿈에도 보고 싶지 않던 최성국을 다시 대전교도소로 불러들였다.

그는 이 자리가 불편해 죽을 것 같았지만 억지로 참았다.

더 이상의 불이익을 초래했다간 언제 이곳에서 나갈지 알 수가 없기 때문이다.

"이곳의 생활은 좀 어때?"

"괜찮습니다."

"밥은 먹을 만하고?"

"교도소가 다 그렇지요. 갱생을 위해 온 곳이 마냥 좋을 수만은 없지 않겠습니까?"

"후후, 그래, 아주 명언이군. 갱생을 위한 곳이라……."

이윽고 최성국은 민경준에게 사진 한 장을 건넸다.

"아무튼 용건만 간단히 하지. 이것을 찾고 있다. 행방을 아나?"

최성국이 건넨 것은 민경준이 마지막 실험 직후에 태워 버린 데이터베이스였다.

민경준은 고개를 가로저었다.

"없습니다. 검찰에서도 익히 알고 있는 사실일 텐데요?"

"아니, 내가 조사를 좀 해보니까 그게 아닌 것 같더라고."

그는 민경준에게 사진을 한 장 더 건넸다.

사진 속 인물은 민경준의 파트너이자 오랜 친구인 김명찬이었다.

"……!"

"그가 말하더군. 강원도 어딘가에 데이터베이스를 숨겨놓았다고. 언젠가 자신더러 그것을 없애 달라고 했다고 말이야."

"아, 아닙니다. 그건……."

"그건?"

"…날조입니다. 말도 안 되는 소리예요."

"그래?"

최성국은 그에게 통장을 하나 건넸다.

"아내가 요즘 딸을 키우느라 아주 힘든 것 같더군. 대출에 사채까지 끌어다 쓰고 말이야."

"뭐, 뭐요?!"

"잘 봐. 통장 내역에 다 나와 있어."

정말로 최성국이 건넨 통장 거래 내역에는 은행의 대출과 함께 사채에서 보내준 돈까지 정확히 찍혀 있었다.

그가 감옥에 들어가 있는 동안 아내는 너무나도 힘겹게 아이를 키우고 있었던 모양이다.

"데이터베이스를 넘겨. 그럼 아내와 아이는 평생 배부르게 살 수 있게 해주지."

"어떻게……."

"현금으로 십억 주지. 어떤가?"

"시, 십억?!"

"그래, 십억."

최성국의 성격에 협박을 하면 했지 결코 거짓말을 하지 않을 것임을 너무나도 잘 알고 있는 민경준이다.

"어때?"

"자, 잠시 시간을 좀……."

"1분 주지. 그 안에 답하지 않으면 기회는 없다."

"자, 잠깐……."

"벌써 1초 흘렀다. 네가 한숨을 쉬고 있는 이 시간에도 초침은 움식이고 있어."

"시, 시간을 좀……."

"2초 흘렀다."

"조, 좋습니다! 하겠습니다!"

어차피 그에게 반행해 봐야 좋을 것이 없다는 사실을 익히 알고 있는 민경준이다.

그는 최성국을 따르기로 했다.

“볼펜이 필요합니다.”

“여기.”

슥삭슥삭.

그는 최성국에게 약도와 함께 GPS 좌표를 적어주었다.

“이곳에 열쇠가 있습니다. GPS를 찾아가면 물건의 정확한 위치가 나오고요.”

“틀림없겠지?”

“물론입니다.”

“후후, 그래, 잘 선택한 거다.”

“도, 돈은…….”

“내일 자네의 아내에게 입금한다. 됐지?”

“감사합니다.”

“하하, 잘 지내라고.”

이윽고 최성국은 교도소를 나섰고, 민경준은 그 자리에 굳어 한참을 서 있었다.

* * *

역산교육재단은 광주와 목포 일대를 아우르는 거대한 교육재단으로, 벌써 3대째 물려 내려오고 있는 명문 사학재단이다.

일제강점기를 거쳐 지금까지 그 명맥을 이어오고 있는 역산교육재단은 대한민국 남부에서는 가장 큰 교육재단으로 알려져 있었다.

그만큼 상당히 까다로운 입학 조건을 갖고 있으며, 이곳에서 이뤄지는 급식은 모두 전문가들로 이뤄진 자체 급식 시스템에 따랐다.

때문에 인근에 있는 식품업체들은 역산교육재단에 줄을 대기 위해 로비까지 불사했다.

그런 역산교육재단에 유하가 들어간다면 분명 좋은 결과가 있을 것이다.

김풍남과 직접 만나 계약을 한 유하는 1차 초도물량으로 배추김치 150포기를 납품하기로 했다.

이것은 오로지 초중고, 유치원에만 들어가는 양으로 대학교와 사무직 직원식당까지 전부 합치게 되면 그 양이 상당히 늘어날 터였다.

오늘 유하는 특별히 1톤 트럭이 아닌 2.5톤 트럭에 김치를 실었다.

"김치 올라갑니다!"

"네, 올리세요."

김치 공장에서 직접 김치를 싣는 유하나 정일한이나 얼굴에 미소가 가득했다.

그리고 이것을 직접 만든 김소라 역시 신바람이 났다.

"그럼 고생하세요!"

"네, 수고하십시오."

오늘은 유하와 정일한이 함께 김치 배달을 갈 것이다.

잘못하면 추가 근무를 하게 생긴 상황이지만, 정일한은 행복에 겨운 미소를 지었다.

"인센티브는 주시는 것이지요?"

"물론이지요."

이제 슬슬 손발이 맞아가는 것을 보니 앞으로는 회식이라도 자주 해 결속을 든든히 해야 할 모양이다.

* * *

영자네 홍탁에 김치를 납품하게 되면서 유하의 사업은 그야말로 탄탄대로에 놓였다.

자신 때문에 시장이 주저앉을 뻔했어도 결국 모두가 좋은 시절을 만들어냈기 때문이다.

독사가 없어진 목포시장은 평온하면서도 활기찬 모습을

찾아가는 중이다.

거기에 유하는 위기를 이겨내면서 한 걸음 성장하여 대기업에 맞먹는 규모의 교육재단의 김치 납품업체로 선정되었다.

이젠 굳이 도서 지역에 김치를 배달할 필요가 없을 정도로 자금 여유가 생긴 유하는 김치 공장 직원들을 보강시키고 젓갈용 어선을 임대 형식으로 운영하기로 했다.

어선은 총 네 명의 선원을 두고 그중에 한 명을 선장으로 임명하여 새벽 조업에 나서도록 한 것이다.

잡어는 시장에 내다 팔고 젓갈을 담을 수 있는 어종만 선별해서 젓갈을 담그기로 했다.

선장과 선원들은 그날 잡히는 어획량에 따라 유하에게 인센티브를 받고 잡어를 판매한 금액은 5:1로 나누기로 했다.

선원 네 명이 똑같이 금액을 나누고 유하는 그중 한 부분만 차지하는 시스템이다.

물론 어획량이 일정 수준 이하가 되면 유하가 그 인센티브를 포기하여 수익을 더 올릴 수 있도록 했다.

앞으로 선장이 자신의 배를 마련하여 유하를 떠난다면 몰라도 그는 유하의 곁에서 오래도록 일할 것이다.

치지지지지직!

유하는 배에 들어가는 모든 동력장치에 도력진을 설치해

서 연료가 필요하지 않는 시스템을 구축하는 중이다.

용접봉을 잡은 유하는 배의 디젤엔진을 개조하여 도력환과 디젤을 겸용하여 사용할 수 있도록 했다.

도력환이 주 동력원이 되는 만큼 바다 한가운데에서 도력을 모두 소모하게 되면 큰 낭패가 아닐 수 없을 것이다.

때문에 유하는 유사시에 배가 작동할 수 있도록 디젤과 연동되는 엔진을 만들어내고 있었다.

이것은 모두 유하가 어려서부터 기계와 꽤나 친하게 지냈기 때문에 가능한 일이었다.

워낙 먹고살기 급급한 나머지 수리나 정비를 받을 여유가 없던 유하는 대부분을 자가 수리로 버텨냈다.

그렇기 때문에 그는 배가 어떤 구조로 흘러가는지 아주 잘 알고 있었다.

당시에는 하루하루가 고단하여 이마저도 불만거리였지만, 지금은 그의 중요한 자산이 되었다.

끼리리릭, 부아아앙!

배를 모두 개조하고 엔진을 가동시켜 본 유하는 힘이 넘치는 프로펠러를 바라보았다.

탈탈탈탈.

"으음, 좋아. 이 정도면 항해하는 데 문제가 없겠군."

배를 유지하는 데 매우 중요한 연료만 절약해도 꽤나 수익

이 늘어난다.

또한 배를 움직이는 동력인 도력환이 배를 움직임에 따라 그 안에 들어가는 부대시설 또한 자동으로 움직인다.

아마 어부들이 작업하는 데 상당히 수월하여 조업량이 증가할 수 있을 듯싶었다.

유하는 이제 이것을 어부들에게 전달하여 당장 내일부터 조업을 시작할 생각이다.

* * *

유하가 납품한 김치는 상당히 좋은 반응을 얻고 있었다.

특유의 감칠맛과 풍미가 살아 있는 김치를 먹은 학생들이 너 나 할 것 없이 찬사를 보냈다.

이 정도 반응이라면 얼마 지나지 않아 주변 학교에서도 러브콜이 올지도 몰랐다.

요즘 목포시장에 김치 가게가 별로 없어서 대량의 김치를 주문하려면 직접 공장으로 가야 하기 때문이다.

더군다나 유하가 학교에 납품하는 가격은 일반적인 인스턴트 김치에 비해서 상당히 합리적인 편이다.

전국 최저가라고 해도 과언이 아닐 정도로 저렴한 유하의 김치는 높은 가성비를 가졌다.

같은 값에 좋은 김치를 쓸 수 있다면 기왕지사 유하의 김치를 쓰는 편이 나았다.

늦은 오후, 유하는 광주에 위치한 무역회사 JS컴퍼니를 찾았다.

유하는 이곳에서 JS컴퍼니에 김치를 납품하는 건에 대해 미팅을 갖기로 했다.

회사의 입장에선 식당을 어떻게 운영하느냐가 상당히 신경 쓰이는 부분 중 하나인데, 이것은 JS컴퍼니의 직원 복지가 상당히 높은 수준이라는 것을 알 수 있게 하는 부분이다.

직원들의 식사까지 알뜰하게 챙기는 회사라면 그 복리후생이 얼마나 꼼꼼한 것인지 알 수 있기 때문이다.

그는 JS컴퍼니의 운영실장과 함께 가격 등에 대한 조건을 조율했다.

유하는 그녀에게 보쌈과 함께 먹을 수 있는 겉절이를 가져와 선물했다.

아삭아삭!

"음, 역시 소문대로군요."

"괜찮으십니까?"

"맛이 좋네요. 그런데 단체 주문을 해도 이런 맛과 퀄리티가 나올까요?"

"물론입니다. 그렇기 때문에 역산재단에서도 반응이 괜찮은 것이겠지요."

그녀가 초점을 두는 것은 바로 김치를 대량 생산해도 소량 생산으로 만들어낸 김치와 맛이 똑같으냐는 것이었다.

여기에 위생까지 철저하게 갖추지 않으면 그녀가 계약을 진행할 일은 절대로 없을 것이다.

유하는 그녀에게 위생필증을 건넸다.

"식약청에서 받은 겁니다. 혹시나 해서 드리는 것이니 참고하시기 바랍니다."

"으음, 위생증이군요."

"저희가 비록 중견 기업은 아니더라도 위생에 상당히 신경 쓰는 업체라는 것만은 꼭 알아주셨으면 합니다."

그의 어필이 통한 것일까?

운영실장은 유하에게 환한 미소를 지어 보였다.

"그래요. 사장님을 한번 믿어볼게요."

"감사합니다!"

"대신 만약 직원들에게 무슨 일이 생긴다면 김치부터 의심할 겁니다. 아시겠죠?"

"예, 실장님."

유하는 역산재단에 이어 두 번째로 구내식당에 김치를 납품하게 되었다.

제5장
검은 그림자

입소문은 상당히 무서웠다.

한번 김치가 맛있다고 소문이 나자 역산재단 근처에 있는 수많은 회사가 유하에게 줄을 댔다.

악소문은 눈덩이처럼 불어나 걷잡을 수 없는 사태를 만들어내지만 좋은 소문은 그 반대였다.

입맛을 사로잡은 맛집이 다름 아닌 구내식당이라는 데 사람들은 별다른 이견이 없었다.

그것은 입소문을 타고 약간씩 과장되었는데, 그것이 아주 좋은 효과로 되돌아왔다.

소문난 잔치에 먹을 것 없다고 하지만 이름이 난 음식은 맛이 없어도 맛있는 느낌을 받게끔 하는 경우가 있다.

유하의 경우가 바로 후자에 해당되었다.

그는 목포와 광주 시내에 있는 중소기업, 대기업 구내식당 열 곳에 김치를 납품하는 쾌거를 이뤄냈다.

입소문을 타고 흘러 각 회사의 영양사들과 운영관리자들이 앞다투어 유하와 계약을 맺었고, 그것은 추가 계약으로 이뤄졌다.

정확히 열한 번째 맺는 계약. 이번에 그는 지금까지 있던 계약 중 가장 큰 계약을 성사시켰다.

대한민국 재계 순위 50위 안에 든다고 소문이 자자한 GI그룹 산하 네 개의 계열사에 김치를 납품하기로 한 것이다.

이대로라면 건설 현장이나 군부대까지 줄이 닿을지도 몰랐다.

GI그룹 광주지사.

유하는 이곳의 운영실에서 직접 계약을 맺었다.

"가격 대비 효율이 가장 좋은 김치라고 소문이 자자하더군요."

"과찬이십니다."

"딱히 화학조미료도 안 쓰는 것 같은데, 어떻게 그런 맛이

나는지 궁금합니다."

"손맛이라고나 할까요?"

"손맛이라……."

사실 유하가 이렇게까지 뛰어난 감칠맛을 낼 수 있는 것은 순전히 도술 덕분이다.

만약 도력진과 부적이 없었으면 어림 반 푼어치도 없는 얘기이다.

때문에 유하는 주변에서 비결을 물으면 딱히 해줄 말이 없었다.

"하여간 앞으로 잘 부탁합니다. 우리 회사와 인연이 깊을 것 같군요."

"감사합니다."

고정 거래처를 얻었다는 것, 이제 그는 김치만 만들면 알아서 사주는 지속 구매자를 얻은 셈이다.

* * *

열 곳이나 되는 회사에 김치를 납품한다는 것은 생각보다 힘든 일이었다.

때문에 유하는 김치를 직접 배달하고 수금까지 도맡아서 할 사람을 구하기로 했다.

업무량이 많아지니 당연히 분업이 되어야 하고, 그는 그 분업을 한 차례 더 세분화했다.

유하는 목포 시내와 광주 시내에 총 세 곳의 점포를 오픈하고 그 점포 옆에 창고를 만들어 배송하기로 했다.

점포는 기존에 사용하던 부대시설을 그대로 사용하고 필요한 물건만 갖추어 간판을 달았다.

필요한 배송담당자는 총 두 명, 점포를 관리하고 배송을 돕는 아르바이트생이 세 명이었다.

목포 변두리 촌구석이 아닌 광주 시내에서 광고를 하니 아르바이트생은 금방 모집되었다.

이제 문제는 광주 시내에 있는 창고를 얼마나 토굴과 비슷한 형태로 만드느냐 하는 것이었다.

김치를 보관하는 토굴이 잘못되면 김치 맛이 변할 수 있기 때문에 유하는 이 토굴을 만드는 데 심혈을 기울였다.

점포는 약 20평으로 유하는 그곳에 컨테이너를 3층으로 쌓고 그 안에 콘크리트와 황토를 이용해 동굴과 똑같은 환경을 조성했다.

빛은 완전히 차단하고 습기를 맞출 수 있는 에어컨과 가습기까지 준비했다.

그는 와인을 보관할 때 습도를 맞춘다는 사실에 의거하여 비슷한 원리의 토굴을 만들기로 했다.

쿵쾅쿵쾅!

역시 이번에도 토굴을 만드는 작업은 유하 혼자 도맡아서 한다.

시멘트를 바르고 그 위에 황토 및 기타 암석을 덧대는 것까지 유하 혼자 다 알아서 한 것이다.

그는 시스템 에어컨까지 설치해 놓고 그 옆에 일일이 도력진을 그렸다.

—우헤헤헤헤!

"녀석들, 어딜 가도 저 웃음소리는 사라지지 않는군."

도깨비들의 웃음소리는 도술사만 들을 수 있지만, 가끔 인간에게 투영되는 경우도 발생했다.

하지만 사람이 듣는다고 해도 도깨비의 웃음소리는 큰 문제가 되지 않을 것이다.

다만 아르바이트생들이 그 웃음소리를 듣지 않기만을 바랄 뿐이다.

위이이이잉!

마지막 에어컨 거치대의 나사를 조인 유하는 장장 일주일 동안의 작업을 모두 마쳤다.

그나마 땅을 파지 않는 일이라서 생각보다 작업은 일찍 끝났다.

"이제 남은 것은 하늘에 맡기는 수밖에."

과연 토굴이 제대로 김치를 숙성시키게 될지 기다려 볼 뿐이다.

*　　*　　*

강원도 인제의 한 민박집.

이곳은 사람의 발길이 뜸해서 1년 내내 손님이 딱 두 명 찾아온다.

한 사람은 민박집의 주인인 민경준이고, 또 한 사람은 민경준의 친구 김명찬이었다.

김명찬은 이제 이곳에는 잘 오지 않을 테니 사람의 발길은 끊어졌다고 봐야 할 것이다.

하지만 그럼에도 불구하고 이곳에 사람이 찾아왔다.

"이곳이 확실한 거지?"

"물론이지. 약도가 아주 정확하게 되어 있어. 하다못해 샛길까지 정확하게 나와 있잖아."

"그건 그러네."

민박집의 약도를 들고 찾아온 두 사람은 다름 아닌 최성국과 정철수였다.

그들은 이곳에서 민경준이 말한 슈퍼대장균의 완성체를 찾아내려는 것이다.

총 두 채의 가건물이 놓인 이곳은 민박집이라기보다는 방갈로와 같은 느낌이기 때문에 사람이 오래 머물기엔 무리가 있을 듯싶었다.

최성국은 민박집의 관리실 문에 민경준이 알려준 비밀번호를 입력했다.

삐삐삐삑!

띠리릭!

"역시 과학자들은 거짓말을 못한다니까."

그는 관리실에 들어가 민박집의 모든 방 열쇠를 전부 가지고 나왔다.

약도를 그려주긴 했어도 어떤 것이 상자를 여는 열쇠인지는 알 수가 없었기 때문이다.

열쇠를 모두 가지고 오니 총 40개 정도 되었다.

"무슨 열쇠가 이렇게 많아? 방도 별로 없는데."

"낸들 아나? 일단 GPS를 따라서 올라가 보자고."

민경준이 알려준 좌표는 이 근방에서 그리 멀지 않은 곳을 가리키고 있었다.

약 25분가량 가면 될 것 같았다.

"어서 움직이자."

"그래."

두 사람은 GPS를 따라 산을 오르기 시작했다.

등산을 시작한 지 두 시간. 두 사람은 땀을 한 바가지는 흘리고 있었다.

"허억, 허억!"

"이 새끼 이거 거짓말한 것 아니야?!"

"설마하니 그럴 리가 있나? 잘못하면 처자식이 다 굶어 죽는데."

"하지만 이건……."

두 사람은 벌써 두 시간째 산을 헤매고 있었지만 도저히 이 정표를 찾을 수가 없었다.

좌표에 나온 곳에 닿으려면 고개를 열 개쯤 넘어야 했고, GPS는 그것을 직선거리고 계산한 것이다.

최성국은 설마 하는 마음으로 계속해서 산을 탔지만, 그 설마 하는 생각이 맞았다.

"젠장, 직선거리가 아닐까 생각하긴 했지만 이 정도로 멀 줄은 꿈에도 몰랐어."

"허억! 이러다 우리 조난당하는 것은 아니겠지?"

"그럴 리 없어. 이 작은 야산에서 무슨 조난을. GPS도 있는데."

도대체 무슨 산세가 이렇게 험한 것인지 불과 해발 700미터도 안 되는 산은 마치 백두산 천지 등반을 방불케 했다.

결국 정철수는 그 자리에 털썩 주저앉았다.

"허억! 나, 난 더 이상 못 가!"

"뭐?"

"이런 빌어먹을! 이런 말도 안 되는 짓거리를 도대체 왜 해야 하는 건데?!"

최성국은 그런 그를 바라보며 실소를 흘렸다.

"멍청한 놈, 마음대로 해라. 나는 내 갈 길을 갈 테니까. 단, 이 GPS는 내가 가지고 간다."

"자, 잠깐!"

"이 산중에서 혼자 한번 잘해봐. 분명 멧돼지의 샌드백이 되거나 날벌레의 먹이가 되어 죽어갈 테니."

"아, 안 돼! 갈게! 간다고!"

"진즉 그럴 것이지."

최성국이 검사가 된 것은 단순히 법치국가의 질서 유지에 대한 사명감 때문이 아니었다.

그는 검사로서 자신이 갖는 포스, 카리스마가 몸에 배어 그것이 평생 자산으로 사용될 것임을 알고 있었다.

그의 은연중에 툭툭 튀어나오는 검사 특유의 말투와 위협적인 제스처는 도저히 거부할 수 없는 마법과 같았다.

지금까지 최성국이 자신 마음대로 범죄를 저지르고 다닐 수 있던 것도 다 그런 이유 덕분이었다.

그는 이내 다시 자리에서 일어선 정철수를 데리고 산행을 이어나갔다.

* * *

산행 네 시간째, 드디어 그들은 민경준이 말한 슈퍼대장균이 봉인되어 있는 장소에 도착했다.

그곳엔 아무런 이정표도 없고 오로지 작은 비석 하나만 덩그러니 놓여 있었다.

이 넓은 산비탈에서 이 비석 하나를 찾는 데 도대체 얼마나 긴 시간을 할애한 것인지 온몸의 힘이 다 빠진 두 사람이다.

"…개자식, 분명 일부러 애매하게 알려준 것이 분명해."

"모로 가도 한양만 가면 된다고 했다. 도착했으니 됐어."

"뭔 소린지는 몰라도 하여간 일은 제대로 끝날 것 같군."

두 사람은 비석이 서 있는 땅 밑을 야전삽으로 파헤쳐 나가기 시작했다.

퍽퍽퍽퍽!

약 3미터 깊이에 묻어두었다고 했으니 이 또한 시간이 상당히 걸릴 것이다.

과연 이 중노동을 교포인 정철수가 견뎌낼지는 의문이다.

두 사람은 계속해서 땅을 파내려 갔는데, 도저히 그 끝을 알 수 없는 삽질만 계속되었다.

"헉헉! 이건 무슨 탐험대도 아니고……."

"거참, 말 많군. 돈 벌기가 그리 쉬운 줄 알았나? 닥치고 땅이나 파!"

"젠장!"

무려 수천억을 만질 수 있는 기회가 그리 흔한 일은 아니다.

만약 이 일이 단순히 몇 억을 만질 수 있는 일이라고 했다면 정철수는 아예 처음부터 참여하지 않았을 것이다.

상류층 사회 초입에 이제 막 들어선 그들이 일류로 나아갈 수 있는 것, 그것은 초대박을 터뜨리는 수밖에 없다.

때문에 그는 이를 악물고 계속해서 땅을 파내려 갔다.

퍽퍽퍽, 까앙!

"어, 어?!"

"찾았다!"

더 이상 삽이 들어가지 않는 땅, 그곳에는 티타늄과 강화플라스틱으로 만들어진 캡슐이 묻혀 있었다.

두 사람은 누가 먼저랄 것도 없이 캡슐을 끄집어냈다.

"후우, 드디어 찾았네. 아주 죽을 맛을 봤어."

"그러게 말이야. 돈 벌기 정말 힘들군."

"후후, 그걸 이제야 깨달았나?"

어려서부터 안 해본 일이 없을 정도로 여러 가지 일을 해온 최성국은 돈이라는 것이 익숙하지 않은 유년 시절을 보냈다.

그 때문인지 그는 유독 재화에 집착하는 면을 보였다.

아마 그가 부정부패에 발을 들인 것도 전부 어린 시절의 트라우마 때문일지도 몰랐다.

"아무튼 이것을 가지고 연구소로 가자고. 이 물건이 진짜인지 아닌지 알아봐야 할 테니까."

"그래, 그러자고."

두 사람은 캡슐을 나누어 어깨에 짊어지고 산을 내려갔다.

* * *

대전의 한 생명공학연구소.

최성국은 캡슐 안에 들어 있는 슈퍼대장균에 대한 감정을 의뢰했다.

과학의 도시 대전에서 이런 의뢰를 한다는 것은 생각보다 익명 보장이 결여된 일이다.

하지만 문제 될 것은 없었다. 그에겐 수석연구원을 휘어잡을 수 있는 자료가 즐비했기 때문이다.

세상에 털어서 먼지 하나 나오지 않는 사람 없었고, 그는 이미 의뢰를 하기도 전에 수석연구원의 약점부터 세세하게 파악하고 있었다.

"…결과가 나왔습니다."

떨떠름한 표정의 수석연구원 정한성이 최성국에게 데이터를 넘겼다.

그 결과를 확인한 최성국은 짐짓 심각한 척 일그러진 표정을 지었다.

"으음, 이것 참 위험한 물건이군. 그렇지 않습니까?"

"위험한 물건이긴 하지요. 치사율이 그리 높은 편은 아니지만, 이 정도 독성이라면 충분히 사람도 죽어요."

그는 이 물건이 테러리스트 중 한 명이 만든 생화학무기라고 둘러댔다.

아마도 정한성은 이 조사가 국가가 비밀리에 세운 프로젝트의 일환이라고 생각할 것이다.

최성국이 일부러 협박까지 한 것은 그가 함부로 입을 열고 다닐 것 같았기 때문이다.

그리고 이 세상에 그 어떤 일이라도 보험을 들지 않고 행동하는 것은 무리였다.

그는 든든한 보험까지 들어가며 일을 처리한 것이다.

"아무튼 고맙습니다. 연구에 대한 비용 처리는 정부에서 알아서 해줄 겁니다. 자세한 것은 다음에 만나서 하시죠."

"…됐습니다. 국가에서 하는 일, 그냥 봉사했다고 생각하겠습니다."

"하하, 그러시겠습니까?"

"……."

자신의 비밀을 속속들이 다 알고 있는 사람과 마주한다는 것은 상당히 껄끄러운 일이었다.

아무리 과장검사라곤 해도 딱히 얼굴 마주하고 깊은 얘기를 하고 싶지는 않은 정한성이다.

"그럼 저는 갑니다. 안녕히 계십시오."

"예, 가십시오."

아마도 정한성은 최성국이 돌아선 후 엄청나게 욕을 해댈 것이다.

그는 그런 사실을 너무나도 잘 알고 있었지만, 그 뒷담화가 나쁘지 않다고 생각한다.

앞에서 별 내색을 하지 않고 뒤에서 욕을 한다는 것은 그가 최성국을 두려워한다는 것을 반증한다.

누군가 총칼을 들이대지 않는 이상에야 절대 입을 열지는 않을 것이다.

"후후, 일이 잘 풀리는군."

그는 풀리지 않는 사건을 해결했을 때보다 이렇게 작전이 딱딱 들어맞을 때가 가장 행복했다.

아마도 오늘은 샴페인이라도 한잔해야 할 듯했다.

*　*　*

한가로운 주말 오후, 유하는 동생들과 함께 짐을 나르고 있었다.

그는 1.5톤 트럭에 차곡차곡 짐을 싣고 있었고, 그의 친구들이 무거운 짐을 대신 날라주었다.

영민은 자신의 동생들과 함께 짐을 나르며 연신 고개를 갸웃거렸다.

“이상하네. 분명 방금 전 책상이 끝이라고 한 것 같은데.”

“그러게 말입니다. 짐이 끝도 없이 나오는군요.”

유하는 실소를 머금었다.

“당연하지. 사람이 몇 년 동안이나 살던 집인데 짐이 안 나오면 그게 더 이상한 것 아닌가?”

“큭큭, 하긴 그건 그렇군.”

오늘 짐을 날라주면 자장면에 탕수육이 제공된다고 하긴 했지만, 이건 도저히 자장면으로 끝낼 수 있는 일이 아니었다.

무려 10년 동안이나 동생들을 키워온 유하의 집은 짐이 차곡차곡 많이도 쌓여 있었다.

그나마 친구들이니 이 정도 선에서 끝난 것이지 만약 남이었다면 벌써 못하겠다고 뛰쳐나갔을 것이다.

이삿짐 선적 네 시간째, 드디어 끝이 보인다.

"오빠, 이게 마지막!"

"정말이냐?"

"그렇다니까."

"다들 들었지? 이게 정말 끝이란다."

"후우, 정말이지? 아주 딱 죽을 맛이군."

유하는 힘이 쭉 빠져 그 자리에 털썩 주저앉는 그를 바라보며 쓴웃음을 지었다.

"그런데 어쩌냐? 고생을 한 번 더 해야 하는데."

"젠장."

"미안하다. 오늘은 내가 술 한잔 거하게 살게."

"그래, 알겠다."

그는 이내 차에 시동을 걸어 새로운 보금자리를 찾아갔다.

유하가 새롭게 자리를 잡은 곳은 원래 살던 동네에서 그리 멀지 않은 곳이었다.

흔히 볼 수 있는 황색 벽돌에 마당을 둘러싸고 있는 장미, 그리고 마당 곳곳에 심어져 있는 감나무까지 이곳저곳에 누군가 집을 가꾸느라 노력한 흔적이 보이는 아담한 집이다.

'감회가 새롭군.'

이번에 그가 새로 이사하게 된 집은 원래 부모님과 함께 살던 고향집이다.

약 200평 부지에 2층으로 지어 올린 이 집은 원래 유하 부모님이 노후에 여생을 보내기 위해 지은 집이다.

유하가 아주 어렸을 때엔 이곳에서 살았고, 그가 초등학교를 들어갈 무렵 서울로 상경했다.

그동안 유하의 부모님은 틈틈이 이 집을 손질하고 관리하면서 자신들의 황혼을 준비했다.

하지만 그렇게 열심히 노력한 고생이 무색하게도 유하네 집은 IMF 사태가 터진 지 한 달도 안 되어 경매로 넘어갔다.

지금은 한 부동산이 주택 투자의 일환으로 가지고 있었는데, 유하는 그것을 웃돈까지 얹어주며 사들였다.

유하는 동생들에게 자신들의 모태가 된 이곳을 선물하고 싶었다.

유채는 유나를 데리고 다니면서 집안 곳곳에 남아 있는 자신의 추억을 떠올렸다.

"와아! 오빠, 여기 좀 봐! 오빠가 내 키를 재주던 벽돌이 그대로 남아 있어!"

"그래? 아직도 그것이 남아 있다니……."

사람이 오래도록 한 집에 머물며 산다는 것은 그만한 세월의 크기만큼 추억을 쌓아가는 일이다.

유나는 잘 모르겠지만, 유하는 이곳에서 유채를 돌보면서 살았다.

어린아이들이 뛰어놀며 새겨둔 흔적은 집안 곳곳에 남아 있었다.

영민 역시 유하네 옛집을 바라보며 회상에 젖었다.

"기억나는군. 처음 동생이 생겼다고 호들갑을 떨던 네 모습이 말이야."

"내가 그랬나?"

"처음엔 무슨 털도 안 난 원숭이가 집에 와 있다고 했었지."

"워, 원숭이?"

순간, 유채가 가자미눈을 하고 유하를 째려보았다.

"오빠!"

"아, 아하하, 다 지난 일인데 뭘."

"…각오해. 그냥 넘어가지 않을 테니."

유하는 원망스러운 눈으로 영민을 바라보았다.

"김영민 이 새끼."

"큭큭, 그럼 나는 집으로 돌아가 씻고 나오마. 알아서 성난 유채를 달랠 수 있도록."

"야, 인마!"

"큭큭큭!"

장난기 어린 눈의 영민, 유하는 그런 그를 바라보며 실소를 흘렸다.

"자식, 기분이 좋은 모양이군."

"그러게 말이야. 특유의 깝이 아주 곱절은 되어 보여."

영민의 별명은 '깝영민' 인데, 개개다의 속된 표현인 깝에 본명을 덧붙인 것이다.

그는 자신의 별명이 꽤나 마음에 드는 듯 매일 자신을 깝민이라고 자칭하고 다녔다.

그런 그의 오늘의 장난 속에 어쩐지 모를 기쁨이 물들어 있었다.

"오빠가 큰일을 하긴 한 모양이야."

"큰일은 무슨."

유하는 고개를 들어 집을 바라보며 읊조렸다.

"아버지가 계셨으면 뭐라고 하셨을지 궁금하네."

"…그러게."

그는 속으로 깊은 한숨을 내쉬었다.

'죽기 전에는 돌아오려나.'

오늘같이 좋은 날, 어쩐지 아버지의 얼굴이 더욱더 생각나는 유하다.

"자자, 파티합시다, 파티!"

그런 그의 표정을 가만히 살펴보던 유나가 짐짓 호들갑을 떨어댔다.

아마도 그녀는 유하의 얼굴에 만감이 교차하는 것을 가만히 보고 있을 수 없었던 모양이다.

자칫 잘못하면 우울하게 하루를 마무리할 뻔한 유하에겐 천만다행이었다.

"그래, 파티하자."

"아싸!"

"자식."

이런 밝고 명랑한 모습 때문에 모든 아버지가 막내딸을 그리도 아끼는 모양이다.

"그럼 본격적으로 준비를 좀 해볼까?"

"좋지!"

유하는 오랜만에 좋은 음식과 술로 지인들을 대접할 생각이다.

*　*　*

허름한 모텔 '장작'의 지하실.

이곳에 모인 다섯 명의 남녀는 흰색 벽면에 비춰지는 영상을 바라보고 있었다.

프로젝터가 만들어낸 영상은 모두 슈퍼대장균에 대한 것

이었다.

"이게 바로 우리의 미래다."

"치사율이 40%에 육박한다는 것은……."

"치명적인 수준이지. 하지만 현대 의학으로 금방 극복할 수 있는 수치다."

"치료제는?"

"개발 중에 있었지만 자금 부족으로 완성하지 못했다."

"……."

백문이 불여일견이라는 말이 있다.

듣던 것보다 이번 일은 훨씬 더 위험한 일인 듯했다.

그들은 이 목숨을 건 도박에 대하여 판이하게 다른 견해를 보인다.

"전염성이 얼마나 강하지?"

"사람과 사람 사이에 전염되는 병은 아니다. 다만 생물에서 자생할 뿐이지."

"생물이라……."

"덜 익힌 음식, 특히나 이번 바이러스는 야채와 채소에도 자생할 수 있다. 날것이라면 아예 먹지 못할 수준이 되겠지."

"그렇군. 이 정도 위력이라면 확실히 돈이 되겠어."

"그렇지. 음식에 대한 불안은 특정 질병이 창궐하고 나면 비약적으로 극대화되는 경향이 있어. 그러니 만약 강원도 지역에서 이 질병이 발병하는 것만으로도 충분히 충격요법을 줄 수 있을 거야."

두 사람의 대화를 가만히 듣고 있던 정미주가 말했다.

"만약 예상 밖의 일이 생긴다면?"

"그럴 리는 없다. 모든 일은 오차 범위 안에서 행해지는 것이니까."

"돌연변이를 일으켜 만들어낸 대장균이 다시 한 번 돌연변이를 일으킬 확률이 없다고?"

"없다."

그녀는 고개를 가로저었다.

"말도 안 되는 얘기야."

"…그래서, 하기 싫다는 건가?"

순간, 그녀는 흠칫 놀라며 그를 바라보았다.

"뭐, 그런 것은 아니지만……."

최성국은 그런 그녀에게 다가와 조용하고 위협적인 어투로 말했다.

"이제 와서 발을 빼겠다? 좋아, 간다면 잡지는 않겠어. 하지만 이 문을 나간 순간 너는 내 감시하에 들어오게 된다."

말이 좋아 감시지, 과연 그가 무슨 짓을 할지는 아무도 예상할 수 없었다.

그녀는 이내 자신의 뜻을 접었다.

"…그럴 일 없어. 그냥 노파심에 한 소리야. 잊어버려."

"그래, 그래야지. 우리 모두 같은 배를 탄 크루인데, 한 명이라도 빠진다는 것은 말도 안 되는 소리지."

"그럼."

살벌하기 그지없던 최성국의 표정이 이내 밝아졌다.

"자, 그럼 이제 전주를 만나러 가볼까?"

"그래."

그녀의 쓴웃음이 언제까지 그를 속일 수 있을지는 몰라도 확실한 것은 이제부터 그의 감시가 시작되었다는 것이다.

정미주는 최대한 의연한 표정으로 그의 뒤를 따랐다.

* * *

서울 강남의 한 요정.

최성국과 정미주가 함께 손님을 맞이했다.

그는 청주에서 물류유통센터를 운영하는 동시에 전국 단위 건축업까지 겸하고 있었다.

동시에 올라가는 건물의 규모만 무려 500억 원, 여기에 물류센터와 유통망에 싸여 있는 금액까지 합치면 자본이 꽤 크게 돌아가는 셈이다.

정확히 추정할 수는 없지만, 그가 가진 자산의 총량은 3천억 원이 넘어갈 것으로 추정되었다.

아직까지 수면 위로 그의 존재가 부각되지 않아서 그렇지, 그의 가치는 중견기업 회장 그 이상이라는 소리다.

최성국은 그에게 아주 깍듯하게 인사를 올렸다.

"안녕하십니까? 저는 펀드매니저 최성국이라고 합니다."

"반가워요. 김길만입니다."

오늘의 이 자리는 정미주가 마련했다. 반쯤은 그녀가 주인공이라고 해도 과언이 아니었다.

하지만 그녀는 오늘따라 별말이 없었다.

"……."

"…이봐, 뭐 해?"

"으, 응?"

"손님을 모시고 아무런 말이 없다니, 너무한 것 아닌가?"

최성국이 채근하고 나서야 정미주가 입을 열었다.

조금 늦게 반응하긴 했지만 그녀는 로비스트 특유의 미소를 지었다.

"호호, 이런, 내 정신 좀 봐. 요 며칠 철분이 부족해서 계속 이러네요."

"아니, 괜찮아요. 그럴 수도 있는 일이지."

"그 사람 참……. 죄송합니다."

"어허, 참. 괜찮다니까 그러네."

김길만은 그녀에게 호감을 갖고 있는 상태이기 때문에 그녀가 무슨 짓을 해도 다 받아들일 것이다.

하지만 최성국의 눈에는 그런 사소한 것들이 상당히 거슬렸다.

'자꾸 이러면 재미없어.'

그의 눈빛에서 속마음을 읽은 그녀는 평소보다 훨씬 더 열심히 로비에 임했다.

최성국이 크루의 리더 역할을 할 수 있는 것은 과감한 결단력과 실행력 때문이기도 하지만, 그는 사람을 다루는 방법을 아주 잘 알고 있었다.

아마도 그녀가 이 크루에서 빠져나가자면 그에 버금가는 두뇌와 실행력을 가져야 할 것이다.

정미주는 어쩔 수 없이 김길만을 구워삶기 위해 온갖 스킬을 다 동원했다.

"회장님, 이번에 저희가 준비한 프로그램이 마음에 드시나 모르겠어요. 전문가들이 나흘 밤을 새워가며 짜낸 플랜인데."

"나야 뭐 미정 씨가 시키는 대로 움직일 뿐이지."

"어머나, 저를 그렇게까지 믿어주시다니 너무 기뻐서 뭐라 드릴 말씀이 없네요."

"하하, 뭘 그럴 것까지야……."

"그럼 술이나 한잔하실까요?"

"좋지!"

이윽고 곱게 한복을 차려입은 여성들이 줄을 지어 들어섰고, 정미주는 그의 곁에 앉아 술을 따랐다.

"한 잔 받으세요."

"그래, 그래!"

일단 그녀의 곁에 앉아 술을 마신다는 것은 이미 게임이 끝났다는 소리나 진배없다.

이제야 최성국이 흡족한 미소를 지었다.

'십년감수했군.'

별것 아닌 일이지만, 그녀는 어쩐지 최성국의 시선이 부담스럽기만 했다.

일이야 어찌 되었든 한 차례 위기는 넘긴 모양이다.

제6장
균열

이른 아침, 유하는 막내 유나가 TV를 자꾸 돌리는 소리에 잠에서 깼다.

"으음, 아침부터 무슨 TV냐?"

"그냥. 일찍 잠에서 깼더니 할 것이 별로 없어서."

거실 중앙에 TV를 설치해 두어 방 안으로는 소리가 잘 들어오지 않지만, 유하는 요즘 오감이 모두 다 발달한 상태이다.

아주 작은 소리에도 민감하게 반응할 수밖에 없다는 소리다.

일어난 김에 물을 한 잔 마시려던 유하는 TV 속 내용을 잠시 들여다보았다.

[오늘 아침 들어온 소식입니다. 국내의 한 연구진이 O—157 감염균을 추가 피해 없이 박멸할 수 있는 기술을 개발했다고 합니다.]

그는 고개를 갸웃거렸다.

"O—157이 원천 치료가 불가능한 병이었던가?"

"그게 뭔데?"

"있어. 걸리면 배가 무지하게 아프고 피똥까지 싸는 것."

"으윽, 식중독 균이야?"

"뭐, 그런 셈이지. 이질보다 훨씬 더 지독한 건데, 예전에 아주 난리가 났었지."

"그래?"

유하가 초등학교 고학년 때 태어난 유나로선 O—157 파동에 대해서 잘 모를 것이다.

하지만 그것을 몸소 겪은 유하로선 그 어감이 입에 너무나 착착 잘 달라붙었다.

"별로 좋지 않은 병임은 분명해."

"아무튼 치료약이 개발된 것은 좋은 일이네. 그렇지?"

"그렇다고 볼 수 있겠지?"

너무 잠에서 일찍 깬 유하이지만 다시 잠자리에 들기엔 시간이 애매했다.

5시 30분.

"…30분도 안 남았군."

"헤헤, 미안해."

"됐다. 아침이나 먹자."

유하는 이내 식탁에 밥상을 차리기 시작했다.

* * *

상명물산 본사.

이제는 제법 사람이 차서 꽤 북적거렸다.

유하는 직원들과 비슷한 시간대에 출근해서 오늘 할 일을 정리해 보았다.

그런 그와 마주친 직원들이 인사를 건넸다.

"안녕하십니까, 사장님?"

"그래요. 좋은 아침입니다."

사무실로 들어선 직원들과 인사를 나눈 유하는 약 10분간 정리를 끝내고 곧장 출하장으로 향했다.

그런데 어제 막 들어온 신입사원이 스마트폰을 만지작거리고 있었다.

처음엔 그냥 SNS를 하려니 했는데 그것을 바라보는 그의 표정이 심상치가 않았다.

"무슨 일 있습니까? 핸드폰이 서운해하겠어요. 그렇게 인상을 와락 일그러뜨리고 있으니 말입니다."

"하하하!"

직원들의 웃음소리 너머로 그의 심각한 목소리가 들려왔다.

"어제 주식으로 10만 원쯤 벌었는데 이걸 어디에 다시 투자해야 할지 고민이군요."

"주식이요?"

"네, 저는 100만 원짜리 적금을 들었습니다. 그것이 만기가 다 되어서 필요한 곳에 쓰고 남은 돈이 한 30만 원 되는데, 그걸 그냥 술값으로 쓰기 아까워서 주식을 조금 샀습니다. 그런데 거기서 이득을 보았지요."

주식이라면 자다가도 경기를 일으킬 정도로 싫어하는 유하지만, 그것을 남에게 강요할 수는 없었다.

그는 가만히 얘기를 듣기만 한다.

"오늘 그 이득을 재투자할 생각인데, 고민이에요."

"고민은 무슨 고민, 그냥 투자했던 곳에 재투자하면 되겠네."

"아니요. 그렇지가 않아요. 지금 주식시장에 꽤 괜찮은 종목이 생겼단 말이에요."

"그게 뭔데?"

"양천제약이라고, 원래는 구충제를 만들던 곳이에요. 그런데 얼마 전에 대장균을 효과적으로 제거하는 약을 개발했다고 하더군요."

유하는 그제야 그의 말에 대꾸했다.

"아아, 그 O-157 치료제 말입니까?"

"네, 사장님도 아시는군요. 맞습니다. 그 치료제, 오늘 아침 뉴스를 통해서 공개되었지요."

동료들은 그에게 양천제약이 투자하라고 조언했다.

"그럼 그곳에 투자해 봐. 아마 신약이 개발되었으니 주가가 오르겠지, 뭐."

"그런가요?"

"물론이지. 내 말 한번 믿어봐. 만약 떨어지면 내가 술 한 잔 사지."

"좋아요. 그럼 한번 투자해 볼게요."

아직 배송을 시작하기 전이라 이런저런 얘기를 나누는 동안 주식 얘기가 나오자 이곳저곳에서 주식을 시작하겠다고 난리다.

하지만 그는 결코 주식이라는 것에 관심을 두지 않았다.

'사람 폐인 만드는 지름길이지.'

그는 묵묵히 오늘 할 일을 다시 한 번 정리하고 배송을 준비했다.

*　　*　　*

점심시간, 20평 남짓한 구내식당이 시끌벅적하다.

약 열 명의 직원이 모여 있었는데, 하나같이 핸드폰을 들여다보며 흥분을 감추지 못하고 있었다.

"오오, 상한가!"

"하하하! 제가 운이 좀 좋네요!"

지나가던 유하도 그의 핸드폰을 슬쩍 훔쳐보았다.

"나도 좀 봅시다. 뭔데 그래요?"

"사장님, 오늘 아침에 말씀드린 제약회사 말입니다."

"아아, 그 구충제 회사요?"

"네, 그 회사 주가가 지금 계속 오르고 있습니다."

"오호, 그래요?"

"한번 보시죠."

유하는 일봉과 함께 오늘 오전부터 시작된 주식 그래프를 바라보았다.

확실히 그래프는 가파르게 오르고 있었다.

"오늘 상한가 쳤으니 내일이면 더 오르겠네요."

바로 그때, 한 직원이 자신의 핸드폰을 켜서 동영상을 하나

재생시켰다.

"그 종목이 꽤나 핫한 모양입니다. 이젠 전문가도 유망주라고 칭찬합니다."

"어디, 어디 봐요!"

이젠 그들의 시선은 온통 유명 애널리스트가 나오는 TV 프로그램에 집중되었다.

그는 황금알 제조기로 유명한데, 주식을 싫어하는 유하도 TV에서 가끔 볼 정도이다.

[양천제약이 강세입니다. 오늘 점심시간을 기점으로 상한가를 기록했습니다. 아마도 외국인 투자자의 주식 매집에 이어 신약 개발이 이뤄졌기 때문으로 보입니다. 이 두 가지가 시너지를 받음에 따라 상한가를 친 것이지요.]

오늘 이곳에 투자했던 직원은 만세를 불렀다.

"하하, 만세! 만세!"

"축하해요!"

"나도 끼워줘요! 이름이 뭐라고요?"

한번 붐을 타고 나니 사람들은 너도 나도 주식을 사겠다고 줄을 섰다.

요즘은 인터넷으로 주식을 손쉽게 매입할 수 있으니 소액을 투자하는 것쯤은 일도 아니었다.

그들은 유하를 바라보며 말했다.

"사장님도 하시겠습니까?"

"아니요. 저는 괜찮습니다."

"에이, 그러지 말고 들어오시죠. 같이 용돈 좀 벌면 좋지 않습니까?"

"하하, 아니요. 전 정말로 관심 없습니다."

"그래요? 그럼 어쩔 수 없고요."

유하는 그런 그들을 바라보며 고개를 가로저었다.

'일확천금은 마냥 좋은 것인데…….'

지금 당장 뭘 어쩔 수는 없으니 그냥 못 본 척 지나칠 수밖에 없는 유하다.

삼 일 후 양천제약은 연일 상한가를 기록하여 무려 두 배가 넘게 뛰었다.

아마 지금 이대로라면 조만간 열 배는 넘게 뛸 것으로 보였다.

"우와, 이것 좀 보세요! 저 완전 목돈 벌었어요!"

"나도, 나도!"

처음 소식이 들리자마자 주식을 산 사람들은 지금 짜릿한 손맛을 보는 중이다.

어떤 이는 이번에 지급된 용돈으로 전부 주식을 사기도 했고, 또한 사람은 적금까지 깼다고 했다.

주식이라는 것이 잘되면 살 만하지만 잘못되면 딱 죽고 싶은 생각이 든다.

주가가 바닥을 치면 그냥 휴지조각이 되어버리는 주식은 마치 복권과 같았다.

맞추면 돈이요, 그렇지 않으면 쓸모없는 그냥 종이이기 때문이다.

유하와 같은 현실주의자가 그런 허무한 곳에 돈을 쓸 리가 없었다.

"좋은 소식이 들려서 다행이군요."

직원들은 유하에게 또다시 주식을 권했다.

"어때요, 사장님도 들어오시는 것이?"

그는 고개를 가로저었다.

"괜찮아요. 저는 주식 안 합니다."

"그래요?"

아무리 억만금을 벌어다 준다고 해도 유하는 주식이라면 몸서리가 쳐졌다.

그는 환희에 가득 찬 직원들을 그저 바라보고 있을 뿐이었다.

* * *

양천제약이 유망주로 떠오른 것은 정철수가 외국인 자본을 유입시켜 아주 살짝 불을 붙여주었기 때문이다.

여기에 염성환과 그의 동료들이 양천제약에 대한 찌라시를 돌리고 다닌 덕분에 주식은 계속 오르고 있었다.

만약 지금 이 순간에 대장균 파동이 터져 버린다면 주가는 미친 듯이 뛸 것이 분명했다.

지금 이 순간, 이 대장균 파동을 일으키는 것이 과연 잘하는 것인가를 고민하는 작전팀원이 있었다.

대전교도소 면회실, 정미주는 오늘 민경준을 만나볼 생각이다.

때마침 대전에 있는 스폰서에서 연락을 해오는 바람에 알리바이가 생겼다.

오늘 그녀는 처음부터 찜찜했던 이 슈퍼대장균에 대한 위험성을 제대로 듣기 위해 이를 처음 제조한 장본인을 만나보려는 것이다.

대기 두 시간째, 드디어 면회실 철문이 열리며 파란색 죄수복을 입은 민경준이 모습을 드러냈다.

그는 정미주를 보자마자 그녀를 알아보았다.

“정미주 씨?”

“네, 맞아요.”

"편지 잘 받았습니다."

그녀는 편지로 민경준과 연락을 해 약속을 잡은 것이다.

한 달에 사용 가능한 면회를 계산하여 날짜를 정한 후 가족들과도 입을 맞추어 양해까지 구했다.

이 정도의 짜임새라면 제아무리 최성국이라도 쉽게 눈치채지 못할 것이다.

면회 시간은 그리 길지 않았다.

그녀는 자신이 지금까지 궁금해하던 것을 모두 속 시원히 물어보기로 했다.

"궁금한 것이 너무 많아요. 오늘 내로 그 모든 것에 대한 해답을 다 얻어갈 수 있을지 모르겠군요."

"일단… 말씀하십시오."

그녀는 가장 먼저 균이 변이할 가능성에 대해 물었다.

"슈퍼대장균이 변이를 일으킬 가능성은 얼마나 되나요?"

"무궁무진합니다. 아마 슈퍼대장균이 풀리는 순간부터 계속해 변이를 일으키겠지요."

"그럼……."

"지금보다 훨씬 진화한 모습으로 변할 수도 있다는 소리지요."

그는 자신이 균을 개발한 원초적 목적에 대해 설명했다.

"내가 처음 이 말도 안 되는 실험을 시작한 것은 순전히 정부 때문이었습니다. 용도는 자세히 모르지만, 확실한 것은 이 말도 안 되는 물건에 꽤나 심혈을 기울이고 있었다는 것이지요."

"으음."

"그러다 쓸모가 없어지니 나를 감옥으로 보내 버린 겁니다."

"듣기로는 5년 전에 전역해서 따로 회사를 차렸다고 하던데요?"

"그건 사실이 아닙니다. 검경이 짜고 저를 감옥에 보낸 것이지요. 저는 죄가 없습니다."

"그것을 입증할 수 있는 뭐라도 있나요?"

그는 고개를 끄덕였다.

"제가 아무에게도 말하지 않은 비밀금고가 있습니다. 그곳에 다 들어 있어요. 지금까지 있던 모든 일에 대한 기록까지 말입니다."

"그 금고는 지금 어디에 있지요?"

"창원에 있습니다. 창녕군에 있는 화왕산 밑에 묻어두었습니다."

"금고를 산에 묻어두었다고요?"

"그게 가장 안전할 것 같아서 말입니다. 그곳은 제 사유지라서 아무도 건드리지 않을 겁니다."

"하긴, 그렇다면 비교적 안전하겠군요."

민경준은 아까부터 계속 불안한 기색을 감추지 못했다.

"당신이 슈퍼대장균을 풀어놓을 것이라는 얘기를 해서 협조하는 것이긴 합니다만, 과연 이것이 잘하는 일인지는 모르겠네요."

"괜찮습니다. 모두 좋은 목적을 가지고 하는 일이니까요."

"그래도……."

"유사시엔 제가 가족들을 책임질게요. 너무 걱정하지 말아요."

"그렇다면 다행이고요."

그는 고민하는 대신 금고의 비밀번호를 알려주었다.

"제가 할 수 있는 여기까지입니다. 나머지는 제가 관련되지 않았다고 생각하십시오."

"알겠어요."

그녀는 당장 면회를 끝내고 창녕으로 향했다.

* * *

양천제약의 주가는 하루가 멀다 하고 치솟았다가 잠시 정체 중이었다.

이것은 작전팀이 매집을 잠시 멈추었기 때문인데, 이것은 조만간 큰 사건이 터지기 전까지 계속될 것이다.

이들이 양천제약의 주가를 계속해서 올려준 것은 회사의 크기를 키워주려는 이유도 있었지만, 그들이 개발하고 있다는 신약 때문이었다.

아무리 획기적인 약이라곤 해도 큰 성과가 없는 가운데 주가가 확 오르기는 힘들다.

그래서 그들은 정식 출시는 아직 이뤄지지 않았으나, 이것이 마치 출시된 것처럼 찌라시를 돌리고 있었다.

이렇게 찌라시를 마구 돌리고 다니면 증권가 찌라시 전문 탐사꾼들까지 뜬소문을 믿게 될 것이 분명했다.

그렇게 되면 이후에 일이 터지고 난 후 개발이 조금 지연되더라도 주가는 미친 듯이 치솟아 고공행진을 이어나가게 된다.

이것이야말로 진짜 헛돈이 시장을 굴러다니게 만드는 원동력인 셈이다.

인터넷 신문기사의 1면, 오늘은 양천제약의 신약 개발에 대한 기사가 나왔다.

[양천제약, 골칫거리 대장균 O-157의 치료제 개발!]

[대장균을 먹고 객사, 이른바 '논개균' 눈길!]

현재 양천제약이 개발하고 있는 O—157치료제는 항생작용을 하는 다른 약품과는 확실히 달랐다.

민경준은 O—157의 아종을 만들어내면서 그 치료제로 대장균을 잡아먹는 대장균을 생각해 냈다.

O—157은 항생제의 처방으로 인해 죽는 순간에 치명적인 독성 물질로 변한다.

때문에 대장 출혈을 일으키는 것인데, 만약 이것을 다른 대장균이 대신 먹고 죽어준다면 독성이 몸속에 퍼지는 일은 없을 것이다.

민경준과 김명찬이 개발하고 있던 이 대장균은 공격성이 아주 대단한 균이라고 할 수 있었다.

육식에 호전적인 성향의 이 대장균은 자신과 비슷한 크기의 O—157을 제1공격 대상으로 인식한다.

때문에 놈은 O—157균을 공격하여 먹이로 삼는데, 이때 녀석의 뱃속에서 O—157의 폐사가 진행된다.

만약 아무것도 없는 상태에서 균이 폐사를 일으키면 잡아먹은 대장균도 중독되어 보다 지독한 독을 내뿜을 수 있었다.

하지만 만약 이 균이 죽으면서 폐사물의 보호막 역할을 한다면 어떨까?

아마도 독성 물질이 보호막을 뚫고 나오지 않는 한 인체에 해를 끼치는 일은 없을 것이다.

민경준이 슈퍼대장균을 개발하는 동안 김명찬은 그것을 막아낼 방패를 개발하고 있었다.

정식적인 학명이 정해지진 않았지만, 김명찬은 이 대장균을 ANO—157이라고 명명했다.

안티O—157이라는 뜻의 이 대장균은 뛰어난 공격성과 먹성만큼이나 대단한 생명력을 가졌다.

어지간한 항생제로는 아예 죽을 생각도 하지 않으며, 백혈구의 공격에도 굴하지 않는다.

한마디로 한번 체내에 들어가면 죽을 때까지 몸속에서 배출되지 않는 균이라는 소리인데, 만약 이것이 돌연변이라도 일으키는 날에는 큰일이 난다.

그래서 김명찬은 ANO—157을 약용에 맞도록 개량하는 데 온 심혈을 기울이고 있었던 것이다.

아직 ANO—157은 개량이 끝나지 않은 상태였지만, 이미 신문사는 이것을 마치 신약인 것처럼 포장해서 인터넷에 배포하고 있었다.

물론 이 말도 안 되는 허위 사실 유포의 배후엔 치명적인 흑막이 도사리고 있었다.

최성국은 자신의 지인인 신문사 사장 임성훈을 이용해 헤드라인에 떡하니 실린 ANO—157에 대한 기사를 실었다.

그는 어제 석간신문에 떡하니 대서특필된 머리기사를 확

인하곤 곧장 임성훈에게 전화를 걸었다.

"임 사장, 기사 잘 보고 있어."

—그래, 괜찮나? 나름대로 신경을 좀 쓴 건데.

"그럼! 아주 좋더군. 이 기사를 쓴 사람이 누구야?"

—우리 신문사에서 꽤 유망한 기자 있어. 신입이긴 하지만 필력이 아주 대단하지.

"신입이라……. 신입인데 그 정도 필력이라니. 그 친구, 언제 한번 볼 수 있을까? 자네에게 술을 대접하는 김에 보면 좋을 것 같은데."

—그래, 그렇게 하자고.

"그럼 약속 잡아서 연락 주게."

—알겠네.

아마도 임성훈은 추후에 일어날 수도 있는 논란을 잠재울 카드로 신입 기자를 이용했을 것이다.

만약 그의 회사에서 대문짝만 하게 실은 기사가 문제가 된다면 그 기사를 쓴 사람을 처리하면 그만이기 때문이다.

한마디로 임성훈은 그를 이용해 먹고 버릴 생각으로 헤드라인을 맡긴 것이다.

그럼에도 불구하고 최성국이 그 말단기자를 술자리에 초대한 것은 입단속을 철저히 시키기 위함이었다.

일이 벌어지고 난 후엔 그의 인적사항을 파악하기 힘들기 때문에 지금 얼굴도장을 찍어두려는 것이다.

만약 그가 술자리에 나온다면 평생 최성국의 감시망에서 벗어날 수 없게 될 것이다.

하지만 그런 일이 있는지 없는지 알 도리가 없는 말단기자로선 별 생각 없이 술자리에 끼게 될 것이 분명했다.

"으음, 그럼 어디 물 좋은 술집이나 좀 알아볼까?"

그는 서울 강남의 유흥가로 향했다.

* * *

인터넷 기사까지 올라오고 나니 양천제약의 주가는 다시 오르기 시작했다.

상명물산의 본사 휴게실, 다섯 명의 남자 직원이 모여 뭔가를 바라보고 있었다.

"오오, 오오오!"

"또 올랐다!"

"이야, 이거 완전 대박인데?!"

바로 어제까지만 해도 이것을 팔아야 하나 말아야 하나 고민하던 그들은 오늘 아침부터 계속 오르는 그래프를 바라보며 환호성을 내질렀다.

그 모습을 바라보던 유하의 곁으로 김치 공장의 공장장인 김소라가 다가와 물었다.

"뭐예요?"

"왔습니까?"

"무슨 일인데 사람들이 미쳐서 날뛰고 그래요?"

오늘 아침에 필요한 자재들을 조달하기 위해 회사를 찾은 그녀는 남자들의 행동을 이해할 수 없다는 듯이 바라보았다.

유하는 그에 대한 대답으로 핸드폰을 보여주었다.

"이걸 좀 보십시오."

"이게 뭔데요?"

"증권가 포털사이트입니다. 이곳에는 각종 투자 소식이 다 들어 있지요. 그중에 우리 회사 직원들이 거액을 투자한 곳이 있네요."

"으음, 그래요?"

"바로 이겁니다. 양천제약."

그래프를 볼 줄 모르는 그녀라고 해도 비스듬히 올라가고 있는 삼각형 직선을 알아보는 건 어렵지 않을 것이다.

"꽤나 가파르게 오르고 있네요."

"연일 상한가랍니다. 잠시 주춤하다가 또 오른다고 아주 좋아들 하네요."

"그럴 만도 하군요. 이렇게까지 상한가를 치기는 쉽지 않잖아요?"

"그렇긴 하지요."

"사장님도 이 회사에 투자하시지 그래요?"

그는 실소를 흘렸다.

"우리 회사 굴리기도 바쁜 마당에 주식에 손을 대서 뭐 하겠습니까?"

"하긴, 사장님은 그런 일확천금이나 노릴 사람은 아니지요."

"그래요. 차라리 500원짜리 복권을 긁고 말지, 주식에는 투자할 생각이 없습니다."

다섯 명의 직원이 대기 중인 휴게실로 총무담당으로 승격된 정일한이 두 명의 배송기사와 창고 담당 아르바이트생들에게 소리쳤다.

"움직여요! 지금 그러고 있을 시간이 어디 있습니까?!"

"아, 예, 갑니다!"

"거참, 아침부터 도대체 뭐 하는 겁니까? 누구는 지금 눈코 뜰 새 없이 바쁜데!"

"네, 갑니다, 가요!"

꽤나 까칠한 총무인 정일한은 자신이 정해준 시간 내로 배송지에 도착하지 못하면 엄청 화를 냈다.

그의 급여 체계는 이제 판매량에 비례하도록 바뀌었기 때문에 손님들의 클레임이 들어오지 않는 것이 관건이었다.

클레임을 제대로 해결하지 않으면 급여가 삭감되기 때문이다.

"어서 움직이세요! 특히 목포시장으로 가는 분이 누구시죠?"

"네, 접니다."

손을 든 사람은 배송직원 최성준이었다.

정일한은 저번에 그가 배달에 늦어 자신이 해명하느라 애를 먹은 적이 있었다.

"오늘은 배달에 늦으면 안 됩니다. 명심하세요. 다시 한 번 그런 일이 발생하면 김치를 안 주는 수가 있어요."

"하하, 알겠습니다. 걱정하지 마세요."

이윽고 그들이 배송을 떠날 준비를 서두르자 그제야 정일한은 한시름 놓았다.

"휴우, 말을 참 안 듣는 사람들이네."

"그래서 사람 부리는 일이 가장 힘들다고 하지 않습니까? 조금만 참아요. 좋아지겠지요."

소라는 그에게 주식에 대해 물었다.

"일한 씨는 주식 안 해요?"

"주식이요? 제가 주식을 왜 합니까? 그 쓸데없는 짓거리를."

"저 사람들은 이미 몇 달 치 월급을 다 쏟아부었다고 하던데요?”

그는 고개를 가로저었다.

“개미들은 평생 개미일 뿐입니다. 개중에는 꽤 짭짤하게 돈을 버는 개미들이 있다고도 하지만 그건 순전히 운이 좋아서 그래요. 전문가가 아닌 이상에야 돈을 벌기 참으로 힘든 것이 주식입니다.”

“오호, 잘 아시네요?”

“…저도 한때 주식에 미쳐서 유산까지 다 날릴 뻔했거든요.”

역시 한 번 망해본 사람은 두 번 다시 주식에 손을 대지 않았다.

물론 그것도 정신을 차린 사람에나 해당되는 얘기지만 말이다.

“저 사람들이 낭패를 보지 않았으면 좋겠군요.”

“뭐, 그것도 경험이라고 생각하면 나쁘지 않지요.”

“하하, 그런가요?”

유하는 왠지 저들이 주식의 불길에 크게 한 번 델 것 같다는 느낌이 들었다.

*　　*　　*

창녕 화왕산 중턱.

바위와 키 작은 수풀로 된 이곳에 정미주가 서 있다.

"허억, 허억!"

그녀는 벌써 네 시간째 화왕산을 오르다 잠시 멈추어 숨을 골랐다.

화왕산은 억새풀과 진달래로 유명한 곳인데, 등산로가 아닌 곳은 맨몸으로 오르기가 거의 불가능했다.

하지만 그녀는 민경준이 적어준 약도대로 움직여 간신히 산을 오르고 있었다.

만약 그가 알려준 길이 아니었다면 그녀는 벌써 산속에서 미아가 되어버리고 말았을 것이다.

산들바람이 부는 언덕에 멈추어 잠시 숨을 고르던 그녀는 인터넷 지도를 작동시켰다.

"30분쯤 가면 되려나?"

화왕산 중턱에는 일반인이 잘 모르는 동굴이 하나 있는데, 민경준은 그 안에 구멍을 뚫어 밀실을 만들었다.

아마 산을 관리하는 관리인이 봐도 그곳이 그냥 바위인지 동굴인지 가늠하긴 힘들 것이다.

그런 밀실이 존재한다면 기밀문서나 장부를 숨기기엔 최적의 장소가 될 터였다.

약 30분 후, 그녀는 민경준이 알려준 밀실 앞에 도착했다.

중턱에서 정상으로 이어지는 오솔길 중간에 있는 이곳은 사람의 발길이 닿지 않은 지 오래된 것 같았다.

그나마 중간중간 풀이 조금씩 죽어 있는 것은 민경준이 일부러 이정표를 남긴 것으로 보였다.

그녀는 자신의 두 배쯤 되는 크기의 바위 앞에 서서 손으로 그 측면을 더듬거렸다.

"이쯤일 텐데……."

민경준은 바위의 측면에 작은 스위치를 만들어두었는데, 그것을 누르면 사람 한 명이 간신히 들어갈 정도의 틈이 생긴다고 했다.

가만히 바위를 더듬거리던 그녀의 손가락에 뭔가 걸리는 느낌이 들었다.

"찾았다!"

딸깍!

멀쩡한 바위에 달려 있는 스위치가 눌리자, 그 내부의 전경이 모습을 드러낸다.

그그그그그!

바위의 뒷면에는 초강력 스프링이 달려 있었는데, 스위치는 그것을 끌어당기는 동력장치의 작동 버튼인 모양이었다.

완력기의 동작이 모두 끝났을 즈음엔 가로 2미터, 세로 4미터가량의 문이 나타났다.

철컹!

"이런 밀실이……?"

도대체 이런 산등성이에 어떻게 밀실을 만들어낸 것인지 신기할 따름인 그녀다.

정미주는 밀실 안으로 들어가 다시 동력 장치의 폐쇄 버튼을 눌렀다.

그그그그그그그!

다시 한 번 바위가 움직여 문을 차폐시켰고, 그녀는 더듬거리며 밀실 내부의 전등을 켰다.

딸깍.

전등은 미리 모아둔 전기로 돌아가는데, 정미주가 이곳에서 잠시 머문다면 발전기의 태엽을 돌려 자가발전을 해야 할 것이다.

그녀는 전등에 비친 밀실의 전경을 잠시 감상했다.

밀실에는 총 20개의 책장이 사각형으로 놓여 있었는데, 그곳에는 각종 언어로 된 책들이 가지런히 꽂혀 있었다.

그리고 사각형의 책장 앞에는 길이 4미터의 탁자가 일렬로 늘어서 있었다.

정미주는 탁자 위에 놓인 물건을 향해 걸어갔다.

탁자에는 각종 실험도구와 함께 컴퓨터 두 대가 마주 보는 형태로 놓여 있었다.

그녀는 민경준의 컴퓨터의 전원을 켜서 그 안에 있는 내용물을 확인해 보았다.

그 안에는 약 100여 개의 서류가 구역별로 정리되어 있었는데, 대부분 슈퍼대장균에 대한 것이었다.

그 밖에 자료들은 USB에 담겨 책장 앞에 가지런히 정리되어 있었다.

"대단하군. 이런 곳에 실험 데이터를 보관하고 있었다니……."

두 사람이 실험한 내용을 모두 이곳에 보관했는데, 이런 밀실이 있다는 사실은 동료인 김명찬도 까마득히 모르는 사실이었다.

아마 그가 죽고 나면 이 밀실의 존재는 세상에 드러나지 않을 터였다.

그녀는 슈퍼대장균에 대한 내용을 유심히 살펴보기 시작했다.

민경준은 자신의 실험 데이터를 차트로 만들어두었는데, 그 차트에 나온 결과물은 가히 충격적인 것이었다.

슈퍼대장균은 각종 요인에 따라 형질이 변하게 되어 있는데, 때에 따라선 사람이 죽는 치명적인 맹독을 갖는 괴물이 되기도 했다.

대장균은 각 환경에 맞도록 변화하는 성질을 갖지만, 이 슈퍼대장균은 그 성질이 100% 안 좋은 쪽으로 이뤄지게 되어 있었다.

민경준이 처음 군사작전에 사용될 균을 개발하게 되면서 그 치사율을 높이는 데 공을 들였기 때문이다.

"…미쳤군. 선무당이 사람 잡는다더니!"

그녀는 자료를 모두 챙기곤 이내 자리에서 일어섰다.

아무리 돈이 좋다곤 하지만 사람을 죽이면서까지 돈을 벌 생각은 전혀 없었기 때문이다.

정미주는 팀원들이 머물고 있는 비밀 장소로 향했다.

제7장
폭발하다

모텔 '장작'의 지하실.

정미주는 팀의 리더인 최성국을 뺀 나머지 멤버들을 한자리에 모았다.

오늘 이 모임은 원래 정기적인 자리이기 때문에 그가 불시에 나타난다고 해도 이상하게 생각하지는 않을 것이다.

정미주는 이 자리에 모인 사람들에게 자신이 알고 있는 모든 것을 털어놓았다.

"사실 얼마 전에 슈퍼대장균을 만들어낸 박사를 만났어."

"뭐? 그 교도소에 있다는 사람?"

"그래, 그 사람."

"최 과장이 알면 어쩌려고……."

"그럼 어떻게 해? 아무리 생각해도 찜찜해서 견딜 수가 없는데."

일동은 그의 말을 거스르는 것이 좋지 않다고 생각하면서도 대장균에 대한 궁금증을 자아내고 있었다.

"그래서, 놈이 뭐라고 했어?"

"이걸 좀 봐. 내가 그에게서 받아온 자료들이야."

그녀가 건넨 것은 슈퍼대장균에 대한 자료를 그래프로 만들어놓은 보고서였다.

이 보고서에는 대장균의 위험성에 대하여 아주 상세히 정리되어 있었다.

"이건……."

"잘못하면 사람이 죽어. 그래도 할 거야?"

"분명 최 과장은 멀쩡한 사람은 죽지 않을 것이라고 했는데……."

"그거야 자기 생각이고, 현실은 달랐어. 이 미친 대장균이 퍼진다면… 상상만 해도 끔찍하군."

이 자리에 모인 사람들 모두가 슈퍼대장균이 변이를 일으키지 않는다고 생각하고 있었다.

또한 그 변이가 영향을 끼쳐봐야 얼마나 끼치겠냐고 생각했다.

하지만 그녀가 보여준 보고서는 그야말로 충격 그 자체였다.

"만약 이 대장균이 세상에 나왔을 때 치명적인 균으로 변할 확률은?"

"10% 이상."

"10%라……."

열 마리 중 한 마리는 치명적인 균으로 돌연변이 한다는 것은 생각보다 심각한 일이었다.

여기서 일동은 두 갈래로 나뉘었다.

"아무리 돈이 좋아도 사람을 죽일 수는 없지. 난 손 떼겠어."

"수천억이다. 그래도?"

"사람 나고 돈 났지, 돈 나고 사람 났나?"

"그래, 사람 나고 돈 났지. 하지만 너의 그 잘난 개똥철학 때문에 죽은 사람들을 생각해 봐."

"…뭐?"

"개미들이 작전주에 휘말리면 대부분이 개털 되는 걸 몰라서 하는 소리냐? 모르긴 몰라도 너 때문에 죽은 사람이 한둘은 아닐 거다."

"이런 개새끼를 보았나?!"

돈을 좇는 사람들, 그리고 돈보다 사람이 중요하다는 이들이 갈려 싸움을 벌였다.

"이 개새끼들! 어차피 너희도 돈 때문에 사람 죽이면서 살아온 놈들 아니야?! 그런데 뭐?!"

"그래도 알면서 죽이는 것이 어디 사람이 할 짓인가?!"

"칫, 성인군자 나셨군!"

싸움이 벌어졌다는 것, 이것은 팀이 분열을 일으켰다는 것을 반증하는 일이다.

바로 그때, 지하실 문이 열리며 최성국이 모습을 드러냈다.

쾅!

"지금 이게 뭐 하는 짓이야?!"

"최, 최 과장……."

"하기 싫은 놈들은 집으로 돌아가 발 닦고 잠이나 자라. 말리지 않을 테니까. 하지만 만약 내 팀을 와해시키기 위해 쓸데없는 짓거리를 한다면 결코 용서하지 않을 것이다."

그제야 반으로 갈라져 있던 팀원들이 멱살을 잡고 있던 손을 놓았다.

"의견 차이가 좀 있을 뿐 별다른 문제는 없었다."

최성국은 아주 차분하게 가라앉은 어투로 말했다.

"어차피 돈 때문에 모인 사람들이다. 돈만 벌고 빠지면 그만이지 뭐가 문제인가? 만약 그것이 싫다면 빠져라. 하지만 이번 작전을 방해하는 일을 벌인다면 내가 대한민국에선 절대 발붙이고 살지 못하도록 만들어주겠어."

최성국이 지명수배를 내리면 전국의 경찰이 그 사람을 찾기 위해 혈안이 될 것이다.

그러니 그가 한번 손을 쓰기 시작하면 걷잡을 수 없게 된다.

"선택해라. 남을 것인지, 말 것인지."

이 모임을 주도했던 정미주가 손을 들었다.

"그럼 하나만 말해줘. 이 작전, 정말 사람이 죽지는 않는 거야?"

"그건 나도 확신할 수 없다고 분명히 말했다."

"그럼 살인을 저지르겠다는 거네?"

"대를 위해 소를 희생하는 거다."

"그 대라는 것이 우리? 우리를 위해서 무고한 사람들을 죽이겠다고?"

"…하고 싶은 말이 뭐냐?"

차갑게 얼어붙는 분위기, 정철수가 두 사람 사이를 막아섰다.

"그만, 그만하자. 우리끼리 왜 이래? 정말 이러다 총이라도 쏘겠어."

"…난 폭력이 싫어."

"필요하다면 행사할 필요는 있겠지."

아예 처음부터 의견 조율이 되지 않던 두 사람이다.

아마 최성국은 그녀를 잘라내야 하는 상황이 온다면 거침없이 잘라낼 것이다.

'목숨이 위태로워졌군.'

그녀는 이 일이 더 커지면 자신이 죽을 수도 있겠다는 생각을 했다.

* * *

늦은 밤, 은색 캡슐에 든 빨간색 용액이 트럭 단위로 움직이고 있다.

부아아아앙!

강원도 영월로 향하고 있는 이 차량에는 방독면을 착용한 두 명의 청년이 타고 있었다.

"물건은?"

"확실하다. 안전해."

"좋아, 어서 일을 끝내고 빠지자고."

이윽고 그들은 영월의 한 채소 공판장에 도착해 중앙관제센터로 향했다.

노트북 한 대와 USB 하나를 중앙컴퓨터에 연결한 그들은 이내 바이러스를 잠입시키기 시작했다.

[엑세스 완료.]

"됐다."

이제부터 이 공판장에서 일어나는 일은 두 사람 이외엔 아무도 모를 것이다.

노트북을 관리하는 한 사내는 관제센터에 남았고, 남은 한 청년은 방독면을 쓴 채 집하장으로 내려갔다.

"잘 들리나?"

—물론.

두 사람은 이제 무전기를 통하여 대화를 주고받을 것이다.

그는 은색 케이스에 들어 있는 빨간색 용액을 배추와 무에 뿌린 후 그 겉면을 촉촉하게 적셔주었다.

솨아아아아.

그러자 빨간색 용액은 배추에 달라붙어 묘한 풋내를 풍기기 시작했다.

"다 된 건가?"

—얼추 끝난 것 같은데, 이제 그만 올라와. 곧 순찰 도는 사람이 도착할 거야.

"알겠다."

이내 2층 관제탑으로 올라간 그는 노트북을 통해 CCTV 화면과 출입 기록을 삭제하는 동료를 발견했다.

"이쪽은 어때?"

"30초, 30초면 된다."

지금까지의 CCTV기록을 삭제하고 로그 기록까지 가짜로 바꿔치기했으니 앞으로 이 컴퓨터론 오늘의 일을 알아보기 힘들 것이다.

"됐다. 가자고."

"오케이."

둘은 이내 공판장을 빠져나와 영월IC로 향했다.

* * *

같은 시각, 정미주는 자신이 생활하고 있는 숙소를 빠져나가기 위해 짐을 챙기고 있었다.

내일이면 슈퍼대장균이 퍼질지도 모른다는 생각에 어떻게라도 이곳을 빠져나가 도움을 청하려는 것이다.

자신의 흔적을 깔끔하게 지운 그녀는 중고차 시장에서 차명으로 구매한 승합차를 타고 인천으로 향했다.

경인고속도로를 타면 서울에서 인천까지는 한 시간 30분이면 충분히 도착한다.

그녀는 차가 낼 수 있는 최고 속도로 고속도로를 내달렸다.

찰칵!

단속카메라가 자신을 촬영하든 말든 신경 쓰지 않고 달리니 무려 30분이나 빨리 인천에 도착할 수 있었다.

엔진이 과열되어 거의 터지기 일보 직전까지 밟은 그녀는 인천 부평구로 향했다.

송내 IC로 빠진 그녀는 곧장 부평역까지 단숨에 차를 몰았다.

[목적지 부근입니다.]

부평역까지 내비게이션을 따라서 온 그녀는 누군가에게 전화를 걸었다.

—미주 씨?

“지금 어디에요?”

—역사 근처에 있어요. 당신은요?

“저도 역사 근처에…….”

그녀는 차량 문을 내리지 않은 채 고개만 돌려 주변을 살폈다.

—여깁니다.

정미주는 음료수 자판기가 길게 늘어서 있는 전화 부스 주변에 서 있는 지인을 발견했다.

“차로 오세요. 차에서 얘기하자고요.”

—알겠습니다.

검은색 야구 모자를 푹 눌러쓴 그는 주변을 철저히 살피며 그녀에게 다가왔다.

그녀는 차에 올라탄 지인에게 물었다.

"미행은요?"

"없었습니다."

"당신과 내가 만난다는 사실을 아는 사람은요?"

"당연히 없지요."

남자는 품속에서 위조 여권과 밀항선 티켓을 꺼내 건넸다.

"한 달에 한 번씩 오는 정기 선박이 있어요. 그곳에는 동물밖에 타고 있지 않으니 검문검색이 비교적 헐거울 겁니다. 그것을 타고 중국까지 가세요. 그럼 제 지인이 기다리고 있을 겁니다."

"고마워요."

이윽고 그녀는 주머니에서 USB를 꺼내어 그에게 건넸다.

"오늘 조간신문에 내용을 실을 수 있을까요?"

"당연하죠. 안 그래도 지금 우리 회사에서 기사를 쓰고 있는 중입니다. 아침이면 인터넷을 도배하겠지요."

그녀의 지인은 경인일보의 시사부 편집장 이형석이었다.

이형석은 그녀에게서 슈퍼대장균에 대한 얘기를 들었고, 그는 언젠가 검찰에서 의문의 균사체 개발자를 잡아들였다는 소식을 거론했다.

이것은 분명 연관 관계가 있을 것으로 보고 그는 본격적인 수사를 시작했던 것이다.

그 결과, 그는 균사체를 개발한 사람이 민경준이라는 사실을 알아냈다.

이제 그는 이 사실을 대서특필하여 만천하에 알릴 생각이다.

“내일이면 그가 법의 심판을 받겠지요.”

“제발 그렇게 되었으면 좋겠네요.”

이윽고 그는 차에서 내려 부평역 근처에 세워둔 자신의 자가용으로 향했다.

“미국에 도착하면 편지나 한 통 부탁드립니다.”

“그럴게요.”

그녀는 이내 인천항구로 향했다.

*　　　*　　　*

서울 중랑구의 한 오피스텔.

최성국이 열쇠기술자들을 대동한 채 4층으로 향했다.

아무래도 그녀의 낌새가 심상치 않다고 느낀 최성국은 경찰에 그녀에 대한 감시를 지시했다.

아니나 다를까, 그녀는 경찰의 감시망을 피해 지인과의 접촉을 시도했다.

이에 최성국은 그녀를 잡아 감옥에 처넣기 위해 눈에 불을 켰고, 급기야 그는 열쇠기술자들을 데리고 그녀의 집을 급습하기로 한 것이다.

잠시 후, 네 명의 열쇠기술자가 오피스텔 405호의 문을 열었다.

삐비빅!

"열렸습니다."

"고마워요."

이윽고 그는 텅텅 비어버린 오피스텔 전경과 마주했다.

"……."

"아무도 없는데요?"

"…빌어먹을 년! 벌써 튀었군!"

오피스텔에는 그녀의 흔적이 될 만한 물건은 아예 남아 있지 않았으며, 이미 전화번호는 없는 번호가 되어 있었다.

그는 당장 경찰서에 전화를 걸었다.

"접니다. 최성국."

—예, 최 과장님. 이 밤에 어쩐 일이십니까?

"살인용의자를 쫓고 있습니다. 지명수배를 내려주십시오."

—사, 살인용의자요?

"얼마 전에 강원도 영월에서 한 과학자가 실종된 사건이 있었지요?"

—네, 그렇습니다.

"그 용의자 신원을 확보했습니다."

순간, 경찰 관계자는 잠이 확 깬다는 투로 답했다.

—아, 알겠습니다! 지금 당장 지명수배를 내리겠습니다!

"그리고 출입국관리소에도 전화를 넣어서 살인용의자가 외국으로 도주할 수도 있다고 전하십시오. 몽타주는 제가 확보하고 있으니 그대로 인쇄해서 전국 경찰서로 보내십시오. 출입국관리소에도 보내고요."

—예, 검사님!

이윽고 전화를 끊은 최성국은 건물을 빠져나가며 또 다른 곳으로 전화를 걸었다.

"지문하고 머리카락 확보했지?"

—네.

"지금 당장 현장에 증거로 남겨. 그리고 그 샘플을 경찰에 제공하고."

—알겠습니다.

이어 그는 정미주의 지인으로 예상되는 사람을 찾으려 인천 부평구로 향했다.

* * *

강원도 영월의 살인사건 현장.

경찰청 감식반과 강원도 영월서 강력계 형사 네 명이 도착해 있었다.

그들은 제보대로 영월의 한 야산을 파헤쳤는데, 콘크리트 안에 들어 있는 시신 한 구를 발견해 냈다.

콘크리트 안에 든 시신은 머리카락과 얼굴 윤곽을 빼놓고는 전부 딱딱하게 굳어 있었다.

"시멘트를 통째로 부어서 양생시킨 모양입니다."

"범행에 대한 단서를 숨기기 위해서였을까요?"

"그럴 가능성이 높습니다. 피해자의 신원을 확인하지 못하도록 하는 수법이지요."

피해자의 신원이 밝혀지지 않으면 수사에 혼선이 빚어지기 때문에 조사에 차질이 생긴다.

하지만 결정적인 제보로 인해 피해자의 신원은 이미 밝혀진 상태였다.

경찰은 이 시신을 인도하여 정밀감식에 들어갈 것이고, 신원이 밝혀지는 대로 주변 인물부터 소환하여 조사할 것이다.

영월서 강력 1팀장 임명수 경감은 서울 중앙청에서 온 감식반에게 물었다.

"그나저나 이 피의자 신원에 대해선 도대체 누가 제보한 것이랍니까?"

"신원미상의 제보자가 피해자가 영월에 묻혀 있다고 전화를 걸어왔답니다."

"단순히 그것 때문에 땅을 팠다고요?"

"아니요, 제보자는 피해자의 죽기 직전까지의 동선까지 모두 다 파악하고 있었습니다. 해당 CCTV 화면을 감식한 결과, 피해자가 이곳까지 와서 죽었다는 결론을 내렸지요."

"흐음."

"아무튼 정의가 실현되었으니 다행 아닙니까?"

그는 중앙청에서 날아온 보고서에 나온 내용을 상기시켜 보았다.

분명 피의자의 신원은 여성으로, 지금 인천 연안부두 인근에 있을 것으로 추정된다고 했다.

임명수는 피의자의 몽타주와 관련 사진까지 모두 확인했다.

'이상하군. 뭔가 앞뒤가 맞지 않는데…….'

이 사건은 분명 영월서의 성과를 올리는 데 결정적인 역할을 할 것이다.

하지만 그는 이 사건 자체가 상당히 의심스러웠다.

몽타주에 나온 여자의 외모는 도저히 건장한 남성을 살해해서 콘크리트에 묻을 정도로 우락부락해 보이지 않았다.

때문에 경찰은 공범에 대한 조사까지 펼치고 있었지만, 제보자는 그에 대한 언급을 내놓지 않았다.

그는 감식반에게 다시 물었다.

"그 용의자라는 여자 말입니다."

"정미주요?"

"네, 그 여자 말입니다. 직업이 어떻게 된다고 했지요?"

"자산관리사라고 한 것 같습니다."

도대체 어떤 자산관리사이기에 사람을 이렇게 무참히 살해한 후 콘크리트 덩어리로 만들어 묻을 생각을 했을까?

그는 이 자체가 도저히 말도 안 된다고 생각했다.

'이상해. 뭔가 이상해.'

임명수는 부하들에게 현장을 맡기고 인천으로 향했다.

"난 인천으로 간다. 현장을 부탁해."

"네? 갑자기 인천엔 왜……."

"사정이 좀 있어. 부탁 좀 하자."

"바, 반장님!"

그는 뒤도 돌아보지 않고 인천 연안부두로 향했다.

* * *

이른 아침, 경인일보 시사팀의 조간신문 헤드라인 기사 작성이 거의 끝나가고 있었다.

해당 기사는 편집장인 이형석이 직접 작성하고 있었다.

타다닥닥.

이제 마감은 거의 두 시간 30분 정도 남았고, 기사는 몇 줄 남지 않았다.

"후우, 피곤하군."

정보를 제공해 준 정미주를 외국으로 보내는 데 시간을 꽤 할애하고 났더니 기사를 작성할 짬이 없었다.

때문에 그는 벌써 네 시간째 쉬지 않고 글을 쓰고 있는 중이다.

편집장 특유의 날카로운 필체와 자극적인 기사 제목은 단박에 인터넷 기사 1면을 장식하게 될 것이다.

이것은 인터넷 SNS를 통하여 하루만 돌아다녀도 금방 이슈가 될 터였다.

그렇게 된다면 제아무리 과장검사라곤 해도 꼼수를 부리지 못할 것이다.

그는 잠시 기지개를 켰다.

뚜두둑!

"으윽, 담배라도 한 대 피우고 할까?"

요즘 건물은 전부 다 금연이라곤 해도 그의 방은 특별히 예외였다.

담배를 피우지 못하면 제대로 된 검수를 할 수 없기에 회사에서 특별히 흡연을 허락한 것이다.

그는 담배를 한 개비 꺼내면서 냉장고 안에서 술도 꺼내어 한잔 따랐다.

쪼르르르.

술은 그가 가장 좋아하는 위스키인 '조니 워커'의 블루 라벨이다.

"킁킁. 좋군."

일단 냄새를 한 번 맡고 술을 한 잔 머금은 그는 담배에 불을 붙였다.

치익, 치지직.

"후우, 좋구나."

이렇게 새벽에 마감을 앞두고 피우는 담배 한 개비의 맛이란 너무나도 꿀 같았다.

이내 그가 술을 한 잔 더 머금으려는 바로 그때였다.

휘리리리릭!

"어, 어, 어?!"

그의 의자가 와이어로 보이는 물건에 인양당하여 환풍구가 달린 곳까지 쭉 딸려갔다.

그리곤 한 사내가 그의 목덜미를 잡고 주사기를 꺼내 들었다.

"아, 아아아아악!"

"쉿, 시끄럽게 떠들면 더 아프게 죽는다."

"아아아……."

그의 목덜미를 손으로 움켜쥔 괴한은 그의 목구멍으로 검은색 시약을 흘려보냈다.

마치 타르의 찌꺼기처럼 생긴 시약은 이형석의 몸속으로 들어가자마자 이상 현상을 일으켰다.

"허, 허어어억!"

검은색 시약은 이포나무 껍질에서 추출한 맹독을 응축한 것으로, 단 5㎎만 들어가도 심장 발작을 일으키며 죽는다.

"쿨럭쿨럭!"

이형석은 이내 심장을 움켜쥐더니 고통스럽게 몸부림치기 시작했다.

괴한은 그런 그를 남겨두곤 이내 홀연히 자취를 감추어 버렸다.

"끄어어어억……."

심장이 발작을 일으키는 바람에 아무런 대응도 하지 못하고 죽어가던 그는 컴퓨터를 향해 다가갔다.

그는 죽어가는 순간에도 진실을 알리기 위해 문서 작성 프로그램의 저장 버튼을 누르려 하고 있었다.

아마 정미주가 그의 암살 사실을 알아챘다면 분명 컴퓨터를 가지러 올 것이라고 생각한 것이다.

'조금만 더…….'

그가 앞으로 손을 뻗었을 때, 건물 전체의 전원이 내려가고 말았다.

철컹!

'아, 안 돼!'

윤전기를 돌리기 위한 준비 작업으로 인해 신문사는 약 10분간 건물 전체를 셧다운시켰다.

하필이면 그가 죽어가는 이때, 셧다운이 진행되고 있었던 것이다.

팟!

컴퓨터는 그대로 꺼져 버렸고, 이형석 역시 억울한 죽음을 맞이하고 말았다.

* * *

인천 연안부두로 향하는 길.

이미 이곳에는 경찰들이 쫙 깔려 검문검색을 벌이고 있었다.

차에서 내려 부둣가로 접근하려던 정미주는 계획을 바꿀 수밖에 없었다.

"젠장, 도대체 어떻게 알고 온 거지?"

그녀는 잘 모르고 있었지만, 이미 수도권의 모든 항구는 경찰 병력이 검문검색을 벌이고 있었다.

특히나 이곳에 많은 병력이 배치된 것은 최성국이 인천에서 가장 가까운 항구인 연안부두를 지목했기 때문이다.

그는 이형석과 접선한 그녀가 이곳에서 배를 탈 것임을 미리 예상하고 있었던 것이다.

그럼에도 불구하고 수도권 전 지역에 병력을 풀어놓은 것은 2중, 3중으로 그녀를 압박하기 위함이었다.

아무래도 그녀는 오늘 배를 타고 한국을 빠져나갈 수 없을 것이다.

지금 그녀는 김명찬의 살인용의자로 지목되어 경찰에 쫓기고 있는 신세다.

최성국은 그녀의 지문과 머리카락 샘플을 미리 채취해 두었다가 도망을 가자마자 마치 기다렸다는 듯 사건을 일으켰다.

그는 진즉 그녀가 도망갈 것을 미리 알고 사건을 꾸민 것이다.

"빌어먹을 자식! 처음부터 마음에 안 드는 자식이었는데……."

지금 와서 후회해 봐야 소용없는 일이다.

그녀는 당분간 자신의 억울함이 풀릴 때까지 도망자 생활을 하는 수밖에 없었다.

그나마 다행인 것은 위조 여권을 가지고 있어서 중국인 행세를 할 수 있다는 점이었다.

아마 분장만 잘하면 생활하는 데 지장은 없을 것이다.

그녀는 일단 포위망에서 빠져나가기 위해 다시 렌터카를 빌려 타기로 했다.

* * *

이른 아침, 강원도 영월의 한 병원에 환자 20명이 복통과 두통을 호소하며 찾아왔다.

의사들은 단순한 장염으로 진단을 내렸지만, 증상은 시간이 지나면 지날수록 심해져 갔다.

급기야 병원은 환자들의 혈액을 채취하여 분석했는데, 그 안에서 놀라운 사실이 밝혀졌다.

환자들의 몸에선 지금까지 보지 못한 균이 발견되었는데, 가장 비슷한 균을 꼽으라면 대장 출혈을 일으키는 O—157이었다.

보건당국은 해당 환자들을 격리 조치한 후 대장균에 대한 정밀 분석에 들어갔다.

그와 동시에 보건당국은 감염 경로를 조사했다.

오늘 그들은 공통적으로 한 가지 음식을 섭취하였는데, 그것은 바로 알배기 배추 겉절이었다.

겉절이 역시 소금에 절이는 음식이긴 하지만 익힌 음식이라고는 할 수 없었다.

보건당국은 해당 배추를 모두 수거하여 O—157에 대한 조사를 진행했다.

결과는 양성. 놀랍게도 환자들은 배추를 먹고 탈이 난 것이었다.

보건당국은 확실한 팩트가 확보될 때까지 사건에 대한 정보를 철저히 비밀이 붙이고 있었지만 소문은 아주 빠르게 흘러나갔다.

병원에 입원한 환자의 가족들은 이 사실을 동네에 알렸고, 그들은 이 사실을 인터넷 SNS에 올렸다.

결국 전 국민이 신형 O—157에 대한 소식을 접하는 사태가 벌어진 것이다.

급기야 국민들은 보건당국의 홈페이지에 해명을 요구하는 댓글을 올렸고, 결국엔 보건당국이 직접 해명에 나서게 되었다.

찰칵, 찰칵!

보건당국 중앙 강당.

이곳에서 기자들과 보건당국의 회견이 열리고 있었다.

대변인은 차분하게 해당 대장균에 대해 설명해 나갔다.

"이번에 배추와 무 같은 고랭지 농산물에서 슈퍼대장균이 다량으로 검출되었습니다. 때문에 아마도 강원도산 배추와 무로 담근 김치가 주원인이 아니냐는 분석이 나오고 있습니다."

"그럼 이번 대장균이 야채에 기생한다는 말입니까?"

"아직 확실한 것은 아닙니다만, 지금까지 나온 연구 결과에 의하면 그렇습니다."

그의 답변은 기자들의 저널리즘을 자극하기에 충분했다.

기자들은 보건당국 대변인에게 속사포같이 질문을 쏟아냈다.

"그렇다면 지금 당장 강원도 지역을 폐쇄해야 하는 것 아닙니까?"

"강원도 지방자치단체는 어떻게 대응하고 있는지요?"

대변인은 이 많은 질문을 하나로 뭉뚱그려 대답했다.

"일단 강원도 영월 지역 학교에 휴교령을 내리고 강원도에서 나오는 차량과 식품에 모두 방역 작업을 하고 있습니다. 하지만 아직까지 그렇게까지 심각한 상황은 아니기 때문에 폐쇄 조치는 시기상조가 아닌가 싶습니다."

"시기상조라니요? O—157은 전염균입니다. 당연히 격리

해야 맞지 않습니까?"

"아직 규정에 의한 위험군에는 속하지 않습니다. 그러니 조금 더 지켜보는 편이 맞는 것 같습니다."

보건당국은 강원도 지역을 모두 폐쇄하는 것에 대하여 상당히 조심스럽게 대처하고 있었다.

아마도 평창 동계올림픽이 얼마 남지 않았다는 것을 의식하는 것 같았다.

기자들은 그런 보건당국에 우려의 목소리를 높였다.

"만약 환자들이 잘못되기라도 하면 어떻게 하실 생각입니까? 그때는 어떻게 손을 쓸 수도 없습니다."

"그냥 단순한 장염균입니다. 너무 크게 걱정하실 필요는 없습니다."

보건당국 대변인은 딱 여기까지만 답하곤 이내 자리를 떴다.

"그럼 저는 이만……."

"대변인! 어디 가십니까?!"

기자들이 그를 애타게 찾았지만, 그는 재빨리 자리를 피했다.

제8장
재앙이 닥치다

애당초 보건당국이 안전하다고 말한 슈퍼대장균의 남하 속도는 가히 남북전쟁 당시의 북한군 같았다.

강원도에서 발발한 지 하루 만에 경기도까지 내려온 슈퍼대장균은 삼 일 만에 수도 서울을 점령했다.

그 이후엔 계속해서 남하를 거듭하여 일주일 만에 충청도와 경상북도 인근까지 번져 나갔다.

전문가들은 처음 발병한 대장균이 이렇게까지 급속도로 퍼져 나갈 수 있는 것은 모두 배추와 무 때문이라고 분석했다.

대장균이 서식하는 배추와 무의 산지는 거의 모두가 강원도 지역이었고, 이곳에서 재배된 채소는 전국으로 퍼져 나간다.

그리고 이 채소들로 한국인의 필수 식품인 김치가 만들어져 식탁에 올라간다.

한마디로 한국인의 거의 대부분이 이 김치를 먹는다는 것인데, 이 사안은 상상 이상으로 위험한 일이었다.

이유식을 떼고 매운 것을 먹을 수 있는 나이부터 죽기 직전까지 김치를 먹는 한국인이라면 모두 대장균에 노출된 것이나 마찬가지였다.

대장균은 80도 이상의 뜨거운 불에서 10분 이상 끓이면 충분히 멸균되지만, 김치는 상당수가 생으로 그냥 먹는다.

이미 소금에 한 번 절여 간을 했고, 김치는 발효 음식이라 절대 상할 리가 없기 때문이다.

오히려 시간이 지날수록 그 깊은 맛을 더해가는 김치에서 대장균이 검출되었다는 것은 가히 충격 그 자체였다.

정부는 벌써 일주일째 식중독 균에 대해 연구하고 있었지만, 이렇다 할 성과를 거두지 못하고 있었다.

국민들은 답답함에 정부를 지탄했지만, 이 사태는 이제 충청도 저지선을 넘어 전라남도와 경상남도까지 번져 나갔다.

전 국민이 충격에 빠져 버린 이 파동은 유하에게까지 영향을 미쳤다.

상명물산의 주 거래처인 초중고 학생 100명이 유하의 김치를 먹고 집단 식중독을 일으킨 것이다.

목포 해양병원에서 치료를 받고 있는 이 학생들의 경우엔 심부전증이 일어난 사례도 있었다.

또한 균이 내뿜는 독성 물질로 인하여 장출혈에 일부 괴사까지 일어나는 심각한 경우도 있었다.

목포 해양병원, 유하는 김풍남과 함께 학생들을 둘러보았다.

"끄응."

"으으으……."

여기저기서 들리는 신음 소리를 따라서 고개를 돌리면 어김없이 안색이 창백한 역산재단 학생들이 누워 있었다.

그들은 금방이라도 기절할 것처럼 배를 움켜쥐고 고통을 참아내고 있었다.

일부에선 항생제를 투여하여 균을 잡아내고 있었지만, 그것은 상태가 그리 나쁘지 않은 경우였다.

대장균이 다량으로 증식한 경우엔 항생제를 사용할 수 없어 링거에 의존하고 있었다.

보통은 수액요법으로 금방 좋아지기도 하는 O-157과는 달리 슈퍼대장균은 그렇지가 않았던 것이다.

김풍남은 유하에게 유감을 표시했다.

"…우리 학생들이 다 죽어가는군요."

"죄송합니다. 저로선 최선을 다해 김치를 만들었습니다만……."

그의 입장으로선 유하를 원망할 수도 있지만, 그는 최대한 감정을 자제하고 말을 이었다.

"일단… 학생들을 치료하는 것이 우선이니 이 사태가 진정되고 나면 추후에 책임에 대한 얘기를 하시지요."

"알겠습니다."

어떤 균이 창궐하고 있든 간에 유하가 만든 음식을 먹고 배탈이 난 것이 확실하다면 그 책임은 유하가 져야 한다.

"아무튼 사태를 먼저 수습합시다."

"예."

유하는 김풍남과 함께 사태를 수습하기 위해 병원 관계자를 찾았다.

* * *

병원 관계자는 아직까지 김치 때문에 이 사태가 벌어졌다고 단언하기는 힘들다고 했다.

혈액 샘플과 배설 샘플을 채취하여 역학조사를 맡긴 상태이니 조금만 기다려 달라는 입장이었다.

하지만 학부모들의 입장은 그게 아니었다.

학교에서 제공한 급식에 김치가 있었고, 그 김치로 인하여 슈퍼대장균에 감염되었을 것이라고 생각했다.

물증도 없는 상황에서 그들이 내뿜는 독설은 상상 그 이상이었다.

유하는 다짜고짜 자신에게 달려와 멱살을 잡는 학부모를 바라보며 연신 고개를 숙였다.

"죄송합니다."

"지금 이게 죄송하다고 될 일이야?! 내 아들, 고3이야! 수능을 망치기라도 하면 당신이 책임질 거야?! 앙?!"

"최선을 다해 치료를 하고 있으니……."

"치료? 이 새끼가 지금 장난하나? 내 아들이 입원을 했다잖아!"

"그럼……."

"사람이 다쳤으면 그에 대한 보상을 해줘야 할 것 아니야?!"

"……."

"얼마나 줄 거야?! 내 아들이 누워 있는 대가로 얼마나 줄 거냐고!"

결국 이 사람이 원하는 것은 자신의 아이가 아픈 것에 대한 보상금이었다.

아이가 다 죽어가는데 원하는 것이 고작 돈이라니 말문이 막힐 따름이었다.

아무리 세상이 각박해졌다고 해도 이렇게까지 돈을 밝히는지 이해를 할 수 없었다.

그래도 한 가정의 아들이 저 지경이 되어버렸으니 입이 열 개라도 할 말이 없었다.

"죄송합니다. 정부에서 뭔가 지시가 있겠지요. 그에 따라서 적법한 보상을 해드리겠습니다."

"뭐야, 정부 핑계를 대면서 슬금슬금 도망이나 가려는 것 아니야?!"

"아닙니다. 분명 식약청에서 뭔가 말이 있을 겁니다. 그때까지만 기다려 주시지요."

시위를 정면으로 받아들이고 있는 유하이지만, 이런 사태가 과연 얼마나 벌어질지는 알 수 없었다.

* * *

슈퍼 식중독 발병 보름째, 식약청은 이렇다 할 대안을 내놓지 못하고 있었다.

현재 슈퍼식중독은 대한민국 전역을 물들이고 있었는데,

지금 일본과 중국 등지에선 한국 물품 불매운동까지 일어나고 있었다.

그나마 제주도와 울릉도, 독도만이 식중독에 감염되지 않았다.

전문가들은 섬의 특성상 전염성 병균이 유입되는 데 어려움이 있다고 판단하고 해당 지역의 방역을 철저히 하고 있는 실정이었다.

식약청이 그나마 더 이상 병이 번지지 않게 하겠노라 선언하고 있을 때였다.

부산 사하구에서 첫 번째 사망사가 발생하고 말았다.

슈퍼식중독 바이러스가 대장에 다수 침투한 70대 노인이 장 파열과 심부전증 합병으로 인해 숨을 거두었다.

해당 병원에서는 사망자에게 소량의 항생제를 투여했는데, 그때 대장균이 죽으면서 생긴 독성 물질이 합병증을 일으킨 것으로 판단했다.

결국 이 역시 의료사고로 기록될 사건이었지만 병원은 여전히 입 다물고 있는 상황이었다.

식약청은 피해자의 유가족에게 동의를 얻어 시신을 부검했는데, 그들은 대장 파열이 심각한 지경이라고 말했다.

대장이 파열되다 못해 궤사 직전까지 진행되었던 피해자는 각혈과 혈변으로 죽었다고 지인들은 증언했다.

그런 그들의 증언 덕분에 슈퍼식중독에 대한 공포는 점점 더 커져갔다.

정부는 수액요법 이외엔 그 어떤 치료법도 개발하지 못했기 때문에 피해자는 점점 더 늘어갈 것이다.

사태가 이쯤 되자 각 김치 회사로 식약청 직원들이 찾아와 임시 폐쇄 조치를 내렸다.

더 이상 김치를 생산하여 사태를 키울 수 없다는 취지였다.

결국 식약청은 유하의 회사 역시 영업 정지를 내렸다.

"오늘부터 이곳을 전면 폐쇄합니다. 식품 역학조사에 대한 결과가 나오기 전까진 영업을 중단해 주시지요."

"……."

"여기에 서명해 주시면 됩니다."

유하가 순순히 서명을 하려 하자 정일한이 길길이 날뛰며 외쳤다.

"세상에 이런 말도 안 되는 일이 어디에 있습니까?! 아직 역학조사도 끝나지 않았는데 임시 폐업이라니요!"

"우리는 그저 정부에서 내려온 지시로……."

"당신들, 법전은 제대로 보는 겁니까?! 심증만으로 임시 폐업을 내리는 것은 명백한 위법입니다!"

"위법이라니, 뭘 알고 하시는 말씀입니까?"

"알지요! 어디 한번 재판까지 가볼까요?! 누가 이기나?!"

그를 가만히 지켜보던 김소라가 나섰다.

"그만해요. 이 사람들과 싸워서 좋을 것 하나도 없어요."

"하지만……."

"사태가 너무 커졌어요. 그러니 우리는 가만히 있는 편이 좋아요."

"……."

유하는 어서 빨리 서명을 하고 돌파구를 찾아야 한다고 생각했다.

"여기에 서명하면 됩니까?"

"네, 그렇습니다."

결국 그는 서명란에 날인을 해주었고, 그들은 이내 조용히 돌아섰다.

"그럼 일주일 후에 뵙겠습니다."

"그러시죠."

이윽고 유하는 두 사람에게 말했다.

"일단 자택으로 돌아가 계십시오. 뭔가 말이 있겠지요."

"하지만……."

"괜찮아요. 일주일 동안 집에 계셔도 휴가수당은 지급할 겁니다. 걱정하지 말아요."

"그런 말이 아니지 않습니까? 이대로 가만히 당하고만 있을 겁니까?"

답답하다는 듯이 말하는 그에게 유하는 타일렀다.

"아니요. 절대 그렇지 않습니다. 하지만 지금은 때가 아닙니다. 상황을 지켜보면서 때를 기다려야 한단 말입니다."

"…알겠습니다. 사장님께서 그렇게 말씀하신다면 따라야지요."

그는 두 사람의 어깨를 두드리며 말했다.

"조간만 연락드리겠습니다. 그때 함께 술이라도 한잔하면서 얘기합시다."

"알겠습니다."

상황은 그리 좋지 않지만 그는 희망을 잃지 않았다.

*　　*　　*

유하는 이 사태를 도저히 납득할 수 없었다.

자신이 만들어낸 배추는 도력을 머금고 있기 때문에 대장균 같은 해악에서 자유로웠다.

그럼에도 불구하고 이 난리에 휘말리다니 도무지 이해할 수 없었다.

우선 그는 김치가 생산되고 있던 제2, 3공장을 찾았다.

공장에는 수많은 양의 배추가 쌓여 있었는데, 이것은 모두 유하가 직접 재배한 작물이다.

가만히 배추를 바라보던 유하는 이내 본사로 돌아가 정일한이 작성해 놓은 차트를 확인해 보았다.

그는 자신이 총무를 맡은 시점부터 아주 꼼꼼하게 차트를 작성해 놓고 있었는데, 그 차트에는 원자재의 출처까지 아주 자세히 나와 있었다.

차트를 읽어 내려가던 유하는 한 부분에서 멈추었다.

"여기 있군."

유하는 학생들이 먹고 탈이 난 배추에 대해 기억을 떠올렸다.

차트에 나온 날, 그는 자신의 밭에서 배추를 조달하지 못해서 강원도 영월의 배추 공매장에서 직접 배추를 공수해 왔다.

그리고 당일에 바로 김치를 담가서 학교에 납품했는데, 그 날은 특히나 보쌈김치와 돼지고기 수육을 먹는 날이었다.

한여름이라고 학생들에게 보신을 시키고 싶다며 학교에서 특별히 준비한 것이다.

"분명하다. 이 배추가 이상을 일으킨 거야."

다른 배추는 아무런 이상이 없는데 영월에서 나온 배추가 문제를 일으켰다.

그것은 바로 그 지역에 문제가 있다는 소리가 된다.

그러니까 지금 대한민국에 있는 모든 김치업체는 생산 과정에서 과오를 범하지 않았다는 소리다.

이대로 가만히 있을 수는 없는 노릇이었다.

그는 강원도 영월에 무슨 일이 벌어지고 있는지 알아보기로 했다.

* * *

영월의 배추 공판장.

이곳에선 강원도 전 지역에서 나오는 고랭지 농작물을 전국으로 배송했다.

배추, 감자, 무, 옥수수 등 강원도 하면 떠오르는 특산물은 죄다 출하된다고 보면 되었다.

유하는 거의 초상집 분위기인 공판장 내부로 들어가 관계자를 찾았다.

그는 남은 물량이 거의 다 폐기되어 힘없이 창고만 서성이고 있었다.

"저기, 선생님."

"누구십니까?"

"말씀 좀 묻겠습니다. 이곳에 배추 공판장 맞습니까?"

"…또 기자? 아직도 털 것이 남았습니까?!"

버럭 화부터 내는 관계자, 유하는 일단 그를 진정시키고 얘기를 이어나갔다.

"저는 기자가 아닙니다. 이런 사람입니다."

유하가 명함을 내밀자 그는 고개를 갸웃거린다.

"김치 공장?"

"목포에서 해수김치를 담가 팔고 있지요. 이곳 배추를 받아서 사용했고요."

"그럼… 보상 문제 때문에 온 겁니까?"

"보상이요?"

"전국에 있는 김치 공장이 줄줄이 망하면서 우리에게 배상금을 요구하고 있습니다. 그 때문에 아주 죽을 맛이지요."

"그런 말도 안 되는 논리가……."

"따지고 보면 우리가 관리를 잘못한 것이니 할 말은 없습니다. 하지만 우리 같은 농부들이 무슨 돈이 있겠습니까? 배추 대금도 제대로 못 받아서 굶어 죽을 판에 말입니다."

"저런……."

그는 침울한 표정으로 유하에게 물었다.

"그나저나 이곳엔 왜 온 겁니까? 배상 문제도 아니라면 굳이 이 초상집을 찾을 필요는 없을 것 아닙니까?"

유하는 그에게 자신이 겪은 일을 그대로 얘기했다.

"정부에선 배추를 통해서 대장균이 옮는다고 얘기했지요. 하지만 그건 아무래도 말이 안 됩니다. 이 세상에 어떤 대장균이 멀쩡한 채소를 타고 옮겨간단 말입니까?"

"뭐, 그건 그렇지요."

"제가 볼 때엔 누군가 이곳 배추에 손을 쓴 것이 아닌가 싶습니다. 저는 딱 한 번 이곳 배추를 사용했습니다. 그런데 대장균이 검출되었지요. 처음엔 제가 부주의해서 그런 줄 알았습니다. 한데 생각을 해보니 이번에 담근 김치에서 대장균이 검출되었다면 추가로 담근 김치에서도 같은 균이 검출되어야 합니다. 왜냐면 김치 공장 장비는 보통 열처리를 하지 않으니까요."

"으음, 공장을 통해서 균이 옮았어야 정상이다?"

"그렇습니다. 하지만 우리 공장의 경우엔 그 한 번의 사건 이후엔 식중독이 일어나지 않았습니다. 뭔가 이상하지 않아요?"

"그러니까… 단순히 그때의 배추에만 뭔가 문제가 있었다?"

"네, 맞습니다. 더군다나 강원도 산간지방이면 우리나라에서 가장 청정하다고 일컬어지는 지역 아닙니까? 그런데 갑자기 식중독이 번졌다는 것은 도저히 납득할 수가 없습니다."

"흠……."

"혹시 누군가 공판장을 다녀간 흔적은 없습니까? 이를테면 잠입했다든지 말입니다."

그는 고개를 가로저었다.

"그렇지는 않아요. 내가 당시의 CCTV 화면을 몇 번이나 둘러보았는데 아무런 단서도 찾지 못했습니다."

"그래요?"

관리인은 고개를 좌우로 절레절레 흔들었다.

"그냥… 단순히 운이 없었던 거죠."

"운이라……."

"볼일 다 보셨으면 저는 이만 가봐도 됩니까?"

"그러시죠."

관리인이 떠난 후 유하는 가만히 생각에 잠겼다.

'CCTV에도 없고 목격자도 없다.'

바로 그때였다.

멍멍멍!

유하가 고개를 돌리자 목줄이 풀린 개가 있다.

그를 바라보며 짖고 있긴 했지만 덩치가 그리 큰 편은 아니라서 딱히 위협이 되진 않았다.

하지만 그래도 입 가리개도 없이 개를 저렇게 막 풀어놓고 키우다니 정말 시골은 시골인 모양이다.

"개라……."

순간, 유하의 뇌리에 번뜩 뭔가가 스쳐 지나갔다.

"개! 그래, 개다!"

유하는 자신의 종아리에도 못 미치는 개를 향해 달리기 시작한다.

그러자 잔뜩 겁을 먹은 녀석이 움찔거리며 슬슬 뒷걸음질 쳤다.

끼잉, 끼잉!

자신보다 훨씬 더 큰 사람이 달려오니 막상 싸울 용기가 나지 않은 것이 분명했다.

유하는 그런 녀석의 목덜미를 확 낚아챘다.

깨앵, 깨앵!

"네가 나의 눈이 되어주어야겠다."

그는 개를 데리고 동네의 구석진 곳으로 향했다.

* * *

아주 단면적이지만 도사는 자연계의 모든 생물과 교감을 나눌 수 있다.

때론 시야를 빌리거나 자신의 의지대로 동물을 원격 조정할 수도 있으며, 기억의 일부분을 공유할 수도 있었다.

유하는 얼룩무늬의 발바리를 무릎에 올리곤 녀석의 머리에 손을 가져다 댔다.

"후우……."

도력을 손에 집중시키자 유하의 몸 안에서 도력이 빠른 속도로 개의 뇌로 전해졌다.

화아아악!

끼잉!

이 세상의 모든 동물은 심장을 가지고 있으며, 그 심장은 신체의 구석구석으로 혈액을 공급한다.

그리고 그 혈액 속에는 산소가 들어 있어 신진대사가 이뤄질 수 있도록 해준다.

그러니까 한낱 개라고 할지라도 혈맥을 가지고 있다는 소리다.

유하는 개의 청궁과 예풍혈에 도력을 집중시켜 기억력을 자극했고, 그 기억력을 도환으로 바꾸어 다시 빨아들였다.

슈가가가가각!

그러자 유하의 백회혈로 개의 기억이 스며들어 녀석이 지금까지 보고 들은 것이 스쳐 지나갔다.

어미의 뱃속에서부터 강아지 시절, 그리고 성견이 되어 자식을 갖기까지 3년의 짧은 생이 모두 들어 있었다.

이 개는 마을 입구에 있는 첫 번째 집에 사는데, 아침이면 집을 나갔다가 저녁이 되면 다시 돌아오는 일과를 반복하며 살아왔다.

유하는 나흘 전에 이 동네를 돌아다닌 개의 입장이 되었다.

개는 아침에 일어나자마자 친구들과 함께 어울려 동네를

돌아다녔다.

그리고 점심시간이 되어선 주인이 준 특식을 먹고 저녁에는 어김없이 집으로 돌아와 스스로 번을 섰다.

'훗, 그래도 식충이가 되긴 싫었던 모양이군.'

누가 시킨 것도 아닌데 굳이 번을 선 것은 녀석의 본능과도 같은 것인데, 멍하니 앉아서 밥만 축내면 반드시 복날에 봉변을 당할 것임을 알고 있는 것이다.

녀석은 그날도 어김없이 번을 섰고, 늦은 밤에 마을 어귀를 지나는 사람들을 보고 큰 소리로 짖어댔다.

그 소리는 차례로 옆집을 타고 흘러 동네의 모든 개가 들을 수 있도록 하나의 네트워크를 구축했다.

한마디로 녀석은 가장 먼저 위협을 알리는 초인종 같은 역할을 하고 있었던 것이다.

유하는 그날 이 마을을 다녀갔던 사람들의 얼굴을 차근차근 상기시켜 냈다.

가장 먼저 마을을 지나간 사람은 이 개의 주인이었고, 두 번째로 지나간 사람은 개를 분양해 준 마을 이장이었다.

그리고 세 번째, 이 세 번째 방문자는 이 마을에선 생전 처음 보는 얼굴들이었다.

때문에 녀석은 마치 못 볼 것이라도 본 양 미친 듯이 짖어댔다.

'그래, 이 사람들이다!'

하지만 개의 기억은 개의 시야가 닿는 곳까지밖에 닿지 않았다.

소리로 미뤄볼 때 디젤엔진을 가진 차량이라는 것 말고는 딱히 알 수 있는 사실이 없었다.

이윽고 유하는 개의 머리에서 손을 뗐다.

팟!

끄응, 끄응.

"미안하다. 이제 네 갈 길을 가라."

개를 다시 동네 어귀로 돌려보낸 유하는 그 의문의 차량을 뒤쫓기 위해 두 번째 집으로 향했다.

*　　*　　*

무리 생활을 하는 동물들은 우두머리를 중심으로 각자 맡은 역할을 충실히 해내면서 살아간다.

우두머리는 무리가 생활하는 데 필요한 지혜를 짜내거나 무력을 발휘하고 무리의 구성원은 그런 우두머리를 따른다.

특히나 개과 동물의 경우엔 그 무리 생활에 특화되어 있었는데, 우두머리인 알파가 이끄는 대로 각자 역할을 분담하여 생활했다.

그들은 사냥의 몰이꾼, 척후, 주공, 퇴로를 차단하는 복병까지 상당히 체계적이고도 유기적으로 역할 분담을 했다.

그중에서도 개들은 위협을 알리거나 동료를 소집할 일이 생기면 하울링을 통해 소통했다.

이 하울링을 들은 동료 개과 동물들은 미리 위협을 감지하여 발 빠르게 대처할 수 있었다.

대천면의 개들은 첫 번째 집에 사는 발바리의 하울링으로 동네에 수상한 사람이 출현했다는 것을 알아챘다.

비록 녀석이 우두머리는 될 수 없지만, 동네에서 꽤나 중요한 역할을 하는 것은 확실했다.

가장 먼저 녀석이 위협을 알리면 두 번째 집에 있는 개가 좀 더 심도 있는 분석에 들어간다.

위협이 될 만한 존재의 냄새를 각인시키고 해당 침입자의 크기를 가늠해서 다시 동네로 재배포하는 것이다.

그렇게 되면 개들은 자신이 있는 구역으로 들어온 침입자에 대한 나름대로의 데이터를 서로 공유하며 동네를 지키게 된다.

나흘 전, 대천면을 찾은 승합차량은 두 번째 집을 지나 곧장 공판장으로 향했다.

개들은 오로지 시야만으로 주관적인 정보를 제공하지만, 녀석들이 공유한 하울링의 정보 역시 큰 단서가 된다.

유하는 이날 동네에 울려 퍼진 하울링을 차례대로 분석하기 시작했다.

그는 일일이 집을 방문하여 개와 소통하고 그 안에 있는 기억을 추출하여 자신의 것으로 만들었다.

그 결과, 그들은 마지막 공판장으로 향할 때까지 한 번도 멈추지 않았다는 것을 알게 되었다.

그리고 공판장에서 약 30분가량 머물다가 곧장 이곳을 빠져나갔음을 알 수 있었다.

동네의 닭이 두 번 운 것으로 볼 때 아마도 그들은 네 시에서 다섯 시 사이에 일을 마치고 갔을 것이다.

유하는 마지막으로 공판장 바로 앞에 있는 집으로 향했다.

꼬끼오!

"…개가 없군."

공판장 앞에는 마당에 닭을 풀어놓고 키우는 집이 있었는데, 그 이후론 민가가 존재하지 않았다.

각도상으론 충분히 그들의 행동과 번호판이 보이겠지만, 닭의 머리론 그때의 상황을 제대로 분석하기가 힘들었다.

"젠장, 거의 다 왔는데……."

난감한 표정을 짓는 유하. 그때 차 안에서 가만히 그를 바라보던 자라가 불현듯 밖으로 쏜살같이 튕겨져 나갔다.

핑!

"어, 어어?!"

—끼룩, 끼룩!

녀석은 마당을 뛰어다니는 닭 무리로 다가가더니 이내 길쭉한 뱀 머리 모양의 머리를 쑥 내밀었다.

그리곤 그대로 입을 벌려 닭을 통째로 먹어버렸다.

우드드득!

"이, 이런……!"

남의 사유재산을 이렇게 함부로 먹어치우게 되면 경찰서에 끌려갈 수도 있었다.

난감한 표정의 유하, 하지만 녀석은 아랑곳하지 않고 닭을 끝까지 먹어치웠다.

그리고 잠시 후, 자라는 다시 유하의 품으로 돌아왔다.

"이 자식, 아무리 배가 고파도 그렇지."

—끼룩!

자라는 유하의 품으로 들어오더니 이내 꼬리를 유하에게로 내밀었다.

"뭐야? 뭐 하는 거야?"

—끼룩.

이게 도대체 뭐 하는 짓인가 싶은 유하는 녀석의 꼬리를 손으로 살며시 잡아보았다.

우우우웅, 팟!

유하가 자라의 꼬리를 잡자 그의 머릿속으로 뭔가 아주 짧은 기억이 조각처럼 스쳐 지나갔다.

"이, 이건?!"

—끼룩, 끼룩.

자라는 닭과 교감할 수 없는 유하를 위해 닭을 통째로 씹어 먹어 그 기억을 흡수한 것이다.

닭을 먹고 기억을 흡수해 유하에게 전달하기 위해서였다.

너무나 단편적인 닭의 머리와 교감하는 것은 불가능하지만 그것을 흡수하여 정리한 자라의 기억을 더듬어보는 것은 가능했던 것이다.

"짜식, 기특한 짓을 했군."

—끼룩, 끼룩!

유하는 간만에 신수다운 짓을 한 자라의 머리를 쓰다듬어 주었다.

그리고 그는 정신을 집중하여 닭의 기억을 더듬어보았다.

그러자 그의 뇌리에 자동차 번호판과 함께 그들의 행동거지가 또렷하게 각인되었다.

"찾았다!"

[서울 다 3455]

유하는 혹시라도 그것을 잊어버릴까 싶어 번호를 적어두었다.

과연 그들이 무슨 짓을 한 것인지는 몰라도 이곳을 다녀간 사람의 행적은 꼭 찾아볼 필요가 있었다.

그는 다시 목포로 향했다.

*　　*　　*

목포의 독사가 사용하던 사무실.

이젠 그곳에 박현무가 자리 잡고 있었다.

조직에서 따로 떨어져 나와 살림을 꾸린 지는 꽤 오랜 세월이 지났지만, 그 이전까진 거의 장치의 직속 부하나 다름없었다.

하지만 그가 독사파를 흡수하는 데 가장 큰 공을 세웠기 때문에 목포의 상권이 모두 그에게 떨어졌다.

유하는 그런 박현무를 찾아갔다.

"오랜만이군."

"잘 지냈나?"

"덕분에."

박현무는 유하의 방문이 무척이나 반가운 모양이었다.

그는 유하가 왔다는 소식에 열 일 제쳐 놓고 달려왔다.

"나에게 도움이 필요하다니, 떼인 돈을 못 받았나?"

"하하, 그런 것은 아니다."

유하는 그에게 차량번호가 적힌 쪽지를 건넸다.

"이 차에 대해서 알아봐 줄 수 있나? 혹시 잘 아는 심부름 센터가 있다면 추천해 줘도 좋고."

"차량번호라……. 빚쟁이인가?"

"비슷해."

그는 흔쾌히 고개를 끄덕였다.

"광주에서 내 직속 동생이 흥신소를 운영하고 있다. 녀석에게 부탁하면 차에 대해서 알아내는 데 그리 오랜 시간 걸리지 않을 거야."

"고맙다."

"고맙긴, 내가 이만큼 먹고사는 것이 누구 덕분인데."

장치파를 유지시키는 이념이 절대적인 의리라서 그런지 그는 유하에게 상당히 친절했다.

"차만 알아봐 주면 되는 거지?"

"그렇다."

"알겠어. 내일 연락 주도록 하지."

"고맙다."

"후후, 별말씀을."

박현무는 유하와의 대화가 끝나자마자 어딘가로 전화를 걸었다.

제9장
흑막

이튿날 유하는 박현무에게서 해당 차량의 정보를 받을 수 있었다.

박현무의 사무실을 찾은 유하는 그에게서 한 장의 서류를 건네받았다.

"대포차?"

"차를 조회를 해보니 아무래도 대포차인 것 같군. 번호판은 있는데 등록이 다른 차로 되어 있어. 명의가 아예 없다고 봐야지."

"흠……."

"이렇게 대놓고 대포차를 끌고 다니다니, 뭐 하는 놈들이야?"

"나도 아직까지 조사하는 중이지만 이번 식품 파동과 관련이 있을 것 같아."

"아아, 그 슈퍼대장균인가 하는 것 말인가?"

유하는 작게 고개를 끄덕였다.

"아무리 생각해 봐도 이놈들……."

"정말 수상하군. 이 업계에 오래 있는 내가 보기엔 100% 관련이 있어. 뒤가 켕기는 놈들일수록 대포차를 많이 이용하지. 검거가 이뤄지면 당연히 감옥에 갈 테니 일반 차량을 사용할 리가 없지."

유하는 그에게서 방법을 자문했다.

"뭔가 방법이 없을까?"

"음……."

잠시 생각에 잠겨 있던 박현무가 한 가지 방법을 제시했다.

"방법이 아주 없진 않아."

"그게 뭔데?"

"내가 대포차를 섭외해 볼게. 지인들에게 번호판을 돌려보면 아는 사람이 나오겠지."

"그래도 되나? 네 생활에 문제가 생기지는 않겠어?"

"물론 내가 해줄 수 있는 일은 번호판에 대해서 알아봐 주는 것뿐이다. 그다음부턴 네가 알아서 일을 처리해야겠지."

"네가 도와만 준다면 문제될 것 없다. 나머지는 내가 알아서 하도록 하지."

"좋아, 그럼 당장 오늘부터 내가 업자들에게 번호판을 돌려볼게."

"고맙다."

"뭘, 이 정도는 아무것도 아니지."

박현무는 이번에도 그 즉시 행동으로 약속을 지켜 나갔다.

약 50명의 대포차 장사꾼들에게 번호판을 돌려본 결과, 서울에 있는 갈치라는 건달이 연관되어 있다는 사실이 드러났다.

갈치는 서울 마포에서 중고차 매매상을 운영하고 있는데, 가지고 있는 물건의 절반은 모두 대포차라고 했다.

중고상에서 버젓이 대포차를 팔아먹고 있다니, 간이 배 밖으로 튀어나온 놈이라고 밖에 설명할 길이 없었다.

유하는 갈치가 운영하는 은갈중고차 도매상사로 향했다.

"어서 오십시오! 친절하게 모시겠습니다!"

"차 좀 보러 왔습니다."

"예, 무슨 차가 필요하십니까?"

은갈중고차 도매상사에 상주하고 있는 딜러의 대부분은

조직원으로, 전국 각지에서 들여온 대포차를 팔아서 남은 수익 일부를 조직에 바치면서 살아간다.

때문에 상당히 친절한 면모를 보이지만 잘못해 수틀리는 짓을 했다간 곧바로 야산에 묻힐 수도 있었다.

유하는 그런 그들에게 수상한 승합차 번호판이 적인 쪽지를 한 장 건넸다.

"이런 차가 필요합니다. 구할 수 있어요?"

"잃어버리신 차량은 경찰서 가서 찾으셔야지요. 이런 차는 저희가 찾아드릴 수가 없습니다."

"그래요? 저는 이곳에서 이런 차량을 판다고 해서 일부러 현금을 들고 왔는데요."

"현금이고 카드고 저희는 차량을 찾아드리는 사람이 아닙니다. 다른 차량이 필요하시지 않는다면 다른 상사를 찾아가시지요."

그는 고개를 갸웃거렸다.

"이상하네. 내가 알기론 이곳에서 차를 팔아먹었는데."

"…뭐요?"

"대포차를 팔아먹는 놈들이 사실 그대로 말할 리가 없다고 생각하긴 했어도 이렇게까지 발뺌할 줄은 몰랐어."

순간, 그는 안색을 바꾸어 주머니에서 회칼을 꺼내 들었다.

챙!

"이 새끼가 근데… 사람으로 아귀탕을 만들어줘야 정신을 차리려나?"

"어허, 말 한번 싸가지 없이 하는군. 진짜 사람으로 탕을 끓여 먹어본 사람처럼 말이야."

유하는 책상에 놓여 있는 볼펜을 집어 들어 그대로 사내의 손을 내리찍었다.

푸학!

"크아아악!"

"이런 개새끼, 말로 해선 통하질 않겠군."

유하는 그의 손에 박힌 볼펜을 좌우로 비틀어 근섬유를 건드렸다.

뚜둑!

"끄아아악, 으아아아악!"

"이 새끼, 네 친구들 다 어디로 갔어? 어서 불러. 3초 준다."

"허억! 넌 뒈졌다!"

그는 책상 아래에 달려 있는 비상벨을 눌렀고, 그와 동시에 자동차 상사의 문이 열리면서 머리를 빡빡 깎은 건달들이 우르르 몰려들었다.

"형님, 무슨 일이십니까?"

"이, 이 새끼를 좀 봐라!"

건달들은 유하의 손에 의해 피범벅이 된 그를 바라보곤 화들짝 놀라 달려들었다.

"이런 미친 새끼!"

"족쳐!"

"예, 형님!"

유하는 이내 슬그머니 미소를 지었다.

"후후, 사부님께서 살생은 해악이라고 말씀하셨지만 이따금 너희 같은 쓰레기를 정리하는 것은 이해해 주시겠지."

"이 새끼가 지금 뭐라고 하는 거야?"

자리에서 일어선 유하는 책상에 놓여 있는 재떨이로 슬며시 손을 내밀었다.

"준비되었냐?"

"그런데 이 새끼가……!"

그는 단전에 있는 도환을 녹여 몸 이곳저곳으로 흘려보냈고, 혈맥은 도력을 머금어 그의 몸을 한층 단단하게 만들었다.

"죽었다고 복창하는 것이 좋을 거다."

이내 유하는 건달들을 향해 몸을 날렸다.

* * *

도술사들은 도력을 증진시키기 위해 심법을 익히지만, 그 밖에도 내력을 증진시키는 방법이 또 있었다.

그것은 바로 신체 단련인데, 극한의 상황에 놓이게 되면 신체가 방어 본능을 일으켜 내력이 증가하게 된다.

때문에 유하는 매일 네 시간씩 절벽을 타거나 망망대해에서 열 시간을 버티는 등의 말도 안 되는 수련을 거듭했다.

또한 상대방을 가장 효율적으로 제압할 수 있는 검술과 격투술로 하루가 멀다고 매질을 당했다.

그러면서 그는 강력한 내력을 갖게 되었는데, 그때 자신이 두들겨 맞았던 무술도 함께 익히게 되었다.

그가 전생에 배운 무술은 대부분 자연에서 비롯된 것들인데, 음양오행에 근간을 두고 있었다.

"화(火)!"

화르르르륵!

주먹에서 불을 뿜어낸 유하는 그것을 이용해 앞을 막아서는 건달들에게 휘둘렀다.

퍼엉!

"크헉!"

"이, 이런 미친……!"

사람의 주먹에서 불이 뿜어져 나오다니, 건달들은 눈을 뜨고도 도저히 믿을 수가 없었다.

하지만 유하의 박투술은 여기서 그치지 않았다.

주먹에서 불을 뿜어내던 유하는 이어 다리에 날카로운 바람의 칼날을 만들어냈다.

"바람으로 네 살갗을 얇게 저며 주마!"

전혀 군더더기가 없는 깔끔한 동작과 바람의 기운이 만나니 머리카락을 베어버릴 듯한 흉기가 되어버렸다.

서걱!

"내, 내 다리!"

유하의 발끝이 스친 곳은 마치 칼로 예리하게 베어낸 듯한 상처가 남았고, 그는 아연실색하며 뒤로 넘어가 버렸다.

이런 발차기의 향연은 마치 칼부림이라도 난 듯 사방을 피로 물들였다.

서걱, 서걱!

"커헉!"

"제, 젠장! 복대가 소용없다니……."

유하의 발차기는 소가죽으로 만든 복대도 우습게 잘라 버릴 정도로 날카로웠다.

그런 유하의 무위를 확인한 건달들은 잠시 뒤로 물러나 전열을 가다듬었다.

"이런 빌어먹을! 저런 괴물이 다 있다니!"

"형님, 이젠 어쩝니까?!"

"어쩌긴, 저 새끼는 한 명이니 한꺼번에 덮쳐잡아야지!"

그는 건달들의 작전회의를 들어주며 연신 실소를 흘렸다.

"후후, 이젠 전략까지 구상하는 거냐?"

"이 새끼, 그 웃음이 언제까지 가나 어디 한번 보자!"

챙!

건달들은 저마다 주머니에서 식칼을 꺼내 들곤 유하의 주변을 동그랗게 둘러쌌다.

"적어도 한 대는 맞겠지!"

"덮쳐!"

"와아아아아!"

기합 소리까지 넣어가며 달려드는 건달들을 바라보던 유하는 이내 주문을 외웠다.

"지(地)!"

단 하나의 단어로 이뤄진 만어의 주문은 유하의 몸에 땅의 기운을 불어넣었다.

그러자 그의 몸이 점점 검게 변하더니 이내 돌처럼 단단하게 변했다.

우두두두둑!

까앙!

"어, 어라?"

건달들은 일제히 유하의 몸에 식칼을 찔러 넣었지만, 그의 피부는 오히려 식칼을 부러뜨리고 말았다.

티잉!

"후후, 어리석은 놈들. 이 정도 되었으면 정신을 차릴 만도 한데 말이야."

이윽고 유하는 주먹을 들어 그곳에 도력을 집중시켰다.

그러자 그의 팔이 사람 머리통만 한 바윗덩어리로 바뀌어 버렸다.

쿠구구구국!

"후후, 죽이지는 않겠다."

"이, 이런 미친……?!"

퍼억!

"쿨럭!"

야산에서나 볼 수 있는 바위로 얻어맞은 건달들은 저마다 뼈가 부러져 바닥을 나뒹굴었다.

뼈가 부러짐과 동시에 피가 튀었고, 그 피는 바닥을 흥건히 적셨다.

"사, 사람 살려!"

"살려는 준다고 했다. 그러니 애써 도망가면서 힘 빼지 말고 그냥 한 대만 맞아라."

"흑흑!"

유하의 미소는 마치 지옥에서 올라온 야차 같았고, 남아 있는 건달들은 마음속 깊은 곳에서 올라온 공포심 때문에 눈물을 흘렸다.

* * *

유하는 앞에 20명의 건달을 모두 무릎 꿇려놓곤 대포차를 팔아먹은 장부를 확인했다.

장부에는 지난 15년간 대포차를 판매한 기록이 아주 상세하게 나와 있었다.

그는 이 중에서 대천면에 등장한 차량의 기록을 확보할 수 있었다.

"인천 양만이? 양만이가 누구야?"

"이런저런 일을 하는 건달입니다. 아가씨 장사도 하고 사람도 찾아주지요."

"한마디로 흥신소를 한다는 소리지?"

"예, 그렇습니다."

"으음."

대부분의 건달은 겸업을 많이 하는데, 양만이는 술집에 여자를 대주는 일과 흥신소를 함께하는 모양이었다.

유하는 양만이의 소재를 파악하여 사무실을 나섰다.

"나는 이만 간다."

"사, 살펴 가십시오!"

90도로 꾸벅 고개를 숙이는 그들에게 유하가 말했다.

"앞으로 다시 한 번 대포차를 팔아먹었다가 걸리면 뼈를 부러뜨리는 것으로 안 끝난다. 알겠나?"

"예! 여부가 있겠습니까?!"

"좋아, 한번 지켜보겠어."

유하는 대포차를 팔아먹는 사회의 암적인 존재들을 갱생시키는 것도 잊지 않고 일을 마무리했다.

인천 계양구의 한 주택가.

이곳에서는 근방에서 꽤나 유명한 건달이 흥신소를 운영하고 있었다.

낮에는 일반인을 상대로 사람을 찾아주거나 뒷조사를 해주고 밤에는 아가씨들을 모아서 유흥가로 보내준다.

이 과정에서 나오는 수수료가 그들의 자금이 되며, 그 자금은 꽤나 덩치가 큰 편이었다.

대부분 아가씨를 유흥업소에 넣어주는 사람들은 사채를 빌미로 협박을 하지만 이들은 그렇지가 않았다.

자발적으로 일을 하겠다고 찾아온 여자들을 술집과 연결시켜 주기 때문에 인원수가 꽤 많았다.

여자들이 스스로 술집을 찾아다닐 수도 있지만, 그렇게 하지 않고 굳이 수수료까지 상납하는 것은 모두 주먹 때문이었다.

유흥가에선 더럽고 치사한 일들이 비일비재하며, 심지어는 사람을 구타하는 일까지 발생하곤 했다.

이때 호스티스들은 상당히 취약한 상태가 되어버리는데, 술집에선 그것을 애써 덮으려 한다.

때문에 여성들은 인권과는 거리가 먼 상태로 일하는 처지가 되어버리는 것이다.

양만이라는 이름의 건달은 이 여성들에게 비상벨을 쥐어주고 유흥가 주변에서 대기하고 있다가 위급한 상황이 되면 그 즉시 출동하여 사태를 수습해 주었다.

요즘같이 험악한 세상에 든든한 배경이 되어주는 양만이의 신뢰도는 꽤나 높은 편이다.

그래서 한탕주의의 아가씨들은 어김없이 양만이를 찾곤 한다.

늦은 밤, 유하는 오늘도 인천과 부천 유흥가로 향하기 전에 인원을 체크하고 있는 양만의 홍신소를 찾았다.

"오늘 부천으로 나가는 사람이 몇 명이라고?"

"예, 형님. 총 서른 명입니다."

"꽤 많이 모였군. 인천은?"

"마흔 명쯤 됩니다."

"좋아, 다 모였으면 출발하자고."

"예, 알겠습니다."

이제 막 차를 몰고 현장으로 출발하려던 찰나, 유하가 그들의 앞을 막아섰다.

"잠깐 말 좀 물읍시다."

"뭐요?"

"여기에 양만이라는 새끼가 있다고 들었는데, 맞습니까?"

"이 새끼가 돌았나? 지금 뭐라고 지껄였는지 다시 한 번 생각해 봐. 뭐라고?"

"양만인지 존만인지 하는 새끼를 찾아왔다고 했습니다. 맞아요?"

"그런데 이 미친 새끼가……."

"발끈하는 것을 보니 확실히 맞는 모양이군."

이윽고 유하는 주먹으로 승합차의 보닛을 후려쳤다.

콰앙!

"꺄아악!"

"이, 이런 미친 새끼가?!"

주먹질 한 방에 차량은 고철 덩어리가 되어버렸고, 차량에 타고 있던 건달들이 내려서 유하에게 다가섰다.

"너 누구야? 어떤 새끼가 보냈어?!"

"누가 보내긴 내 발로 찾아왔죠."

"그런데 이 새끼가!"

유하는 자신에게 손을 뻗는 사내의 손목을 확 낚아챘다.

그리곤 그 손을 좌로 확 비틀어 버린 다음 사내가 서 있는 쪽으로 밀어버렸다.

뚜두둑, 빠각!

"끄아아아악!"

그의 팔은 순식간에 복합골절을 일으키며 너덜너덜한 상태가 되어버렸다.

잔인하다 못해 괴기스러운 광경을 두 눈으로 지켜본 건달들은 슬슬 뒷걸음질을 치기 시작했다.

"젠장!"

하지만 유하의 고삐는 진즉 풀려 있었다.

"죽었다고 복창해라. 그럼 좀 덜 아플지도 모르니까."

이내 유하는 건달들에게 몸을 날렸다.

*　　*　　*

차량에 탑승하고 있던 아가씨들을 모두 내보낸 유하는 양만이가 기거하고 있다는 사무실로 들어섰다.

양만은 유하가 올 때까지 사무실에서 술을 퍼마시고 있었다.

그래서인지 부하들이 애걸복걸해도 들은 척도 하지 않다가 유하에게 두들겨 맞고 나서야 정신을 차렸다.

무릎을 꿇은 양만에게 유하는 차량 번호판을 보여주며 물었다.

"이런 차를 산 적이 있지?"

"저, 저는……."

"사실대로 말하지 않으면 진짜 재미없을 줄 알아라. 있어, 없어?"

"…있습니다."

"누가 시켰어?"

"자세한 것은 저도 잘 모릅니다만, 이런 사람이 항상 돈을 주며 일을 시켰습니다."

유하는 그에게서 전화번호 하나를 받았다.

"이게 뭐야?"

"그의 직통 번호입니다. 평소에도 핸드폰을 두세 개쯤 들고 다니는 모양이더군요."

"뭘 하는 놈이기에 핸드폰을 두세 개씩이나 들고 다녀?"

"직업은 나도 잘 모릅니다. 주변에서 그를 최 과장이라고 불렀습니다."

"최 과장? 회사를 다니는 놈인가?"

"그건 저도 잘 모르겠습니다."

유하는 그에게서 전화번호를 알아내면서 추가적인 사안에 대해도 추궁했다.

"차를 빌려준 것 말고도 또 무슨 일을 해주었나?"

"해커 한 명과 심부름꾼 한 명을 섭외해 주었습니다."

"그리고?"

"나머지는……."

어쩐지 말을 아끼는 양만이, 유하는 그의 목덜미에 슬며시 손을 가져다 댔다.

"모가지가 꺾여 죽는 경험을 해보고 싶은 모양이지?"

"사, 살려주십시오!"

"그럼 바른 대로 말해라. 나머지는 어떤 일이었지?"

"…살인청부업자를 소개시켜 주었습니다."

"살인청부업자?"

"정확히 말하자면 한국인은 아니고 동북아시아를 돌아다니면서 생활하는 무국적의 남자입니다. 그놈을 소개시켜 줬습니다."

"그래서, 어떤 놈을 죽이겠다고 했나?"

"그것까진 저도 잘 모릅니다."

"정말인가? 네가 아는 사실은 이게 다야?"

"물론입니다! 더 이상 제가 드릴 말씀은 없습니다!"

그제야 유하는 그의 목을 놓아주었다.

"만약 내가 탐문을 하다 새로운 사실이 발견되었다 하면 그땐 너부터 족칠 것이다."

"여, 여부가 있겠습니까?!"

자신이 알아낼 수 있는 모든 것을 알아낸 유하는 이내 양만이의 흥신소를 빠져나갔다.

* * *

슈퍼대장균에 감염된 사람의 숫자가 무려 300명을 넘어가는 가운데, 전문가들은 이 사태가 얼마나 더 커질지 예상조차 하지 못하고 있었다.

증상 자체는 수액요법으로 잡을 수 있지만, 대장 내에 번식하던 균사체가 죽으면서 만들어내는 독성은 어떻게 할 방법이 없었던 것이다.

항생제를 사용해서 잡을 수 있는 증상도 아니었고, 그렇다고 뚜렷한 치료법이 있는 것도 아니었다.

이 때문에 국민의 불안감은 점점 더 커져만 가는 중이었다.

하지만 이런 불안감에 아주 작은 희망의 빗줄기를 내려줄 치료제 소식이 들려왔으니, 그것은 바로 양천제약에서 개발했다는 이른 바 '논개균' 에 대한 것이었다.

한창 주식시장의 다크호스로 떠올랐던 논개균에 대한 개

발 소식이 언론을 다시 한 번 강타한 것이다.

국민들은 이제 막 완성 단계에 도달했다고 발표된 논개균에 대해 지대한 관심을 표했고, 그 주가는 미친 듯이 폭등했다.

한 주에 몇 천 원에 불과하던 양천제약 주식은 불과 일주일 만에 만 원을 넘겼고, 지금은 무려 5만 원을 호가하는 우량주로 성장했다.

소리 소문 없이 주식을 매집해 두었던 최성국은 50배에 달하는 이득을 취하게 되었다.

이제 남은 것은 이 50배나 되는 주식을 팔아치워 현금으로 만드는 일이었다.

주가가 정점으로 향해갈 즈음, 주식을 한 번에 매각해 버리면 양천제약의 주식은 폭락하게 된다.

물론 지금 개발 중인 약품도 폭락과 함께 영영 기억 속에서 사라지고 말 것이다.

최성국은 염성환에게 판매 시점에 대해 물었다.

"언제쯤 판매하면 될까?"

"앞으로 일주일, 그 안에 판매하고 빠지는 편이 좋겠어."

"오케이, 좋았어. 그럼 일주일 후 주식을 모두 팔아치우고 돈을 나누는 것으로 하지."

"알겠다."

그는 정미주에 대해 지명수배를 내려놓은 상태에서도 팀원들을 상당히 신중히 관리하고 있었다.

역대 최대의 작전을 수행하는 데 있어 더 이상의 이탈자가 발생하면 곤란하기 때문이었다.

'적어도 삼 일, 아니, 나흘은 버텨야 한다.'

그는 염성환의 어깨에 손을 올리며 말했다.

"정미주의 몫은 특별이 네가 갖도록 해."

"내가?"

"이 팀에서 가장 중요한 역할을 하는 사람은 다름 아닌 너니까."

"그렇지만……."

"만약 네가 싫다면 다른 팀원들에게 골고루 나누어줄 생각이야. 그렇게 할까?"

그는 슬그머니 미소를 지었다.

"후후, 보너스를 준다는데 안 받을 리가 있나?"

돈은 사람을 움직이는 데 가장 좋은 원동력이다.

정미주의 몫은 무려 300억. 이 정도 금액이라면 평생 호의호식하면서 살아갈 수 있었다.

출국 금지가 걸리기 전에 한국을 떠날 수만 있다면, 그는 미국에서도 떵떵거리며 살 수 있을 것이다.

그 일확천금의 꿈은 그를 최성국의 충복으로 만들어주었다.

"마무리 잘하자고."

"물론이지."

앞으로 어떤 일이 벌어질지는 알 수 없지만, 지금 당장 두 사람은 마치 친형제처럼 손을 맞잡았다.

* * *

한때 양만이의 휘하에서 보이스 피싱이나 스미싱을 하며 돈을 벌었다는 해커 이재정은 지금 제주도에 칩거하는 중이다.

유하는 이재정을 찾아가 자신이 이곳까지 온 연유에 대해서 설명했다.

그러자 그는 순순히 자신이 한 일에 대해 시인했다.

"…난 그냥 시키는 대로 했을 뿐이에요. 만약 그것이 그런 말도 안 되는 균이라는 것을 알았다면 분명 하지 않았을 겁니다."

"당신은 스스로 가담한 일이 균사체 분포라는 것을 어떻게 알았습니까?"

"느낌이죠. 배추에 약을 치는데 방독면까지 쓸 일이 뭐가 되겠습니까?"

"흠."

"그리고 그 쉬운 해킹을 무려 1억이나 주면서 해달라고 하기가 어디 흔하겠어요?"

"1억이라……."

"놈들의 목적이 뭔지는 모르겠지만 꽤나 대단한 일을 꾸민 것만은 틀림없어요."

이재정은 돈 때문에 영혼을 팔아먹은 자신을 자책했다.

"어쩌면 좋을지 모르겠어요. 나 때문에 사람이 죽다니……."

"유감입니다."

그는 유하에게 USB를 하나 건넨다.

"이게 바로 우리가 약을 살포한 영상이 담긴 CCTV 화면입니다. 그 안에 보면 어떻게 작업이 되었는지 알 수 있는 파일이 담겨 있을 겁니다."

"이걸 저에게 주시면 범죄 사실이 밝혀질 수도 있습니다만?"

"괜찮아요. 평생 이렇게 숨어사는 것보다야 낫겠지요."

그나마 다행인 것은 이재정이 생각보다 정직한 사람이라는 사실이었다.

"이 일을 사주한 사람에 대해선 아는 것이 없습니까?"

"글쎄요. 전화기 너머로 누군가 과장님이라고 한 것 같았습니다."

"과장이라……."

벌써 과장이라는 단어가 두 번씩이나 나왔다는 것은 이 직함이 결코 별명이 아니라는 소리였다.

'정말 모 기업에 다니는 사람이라도 된단 말인가?'

지금으로선 알 수 있는 사실이 여기까지였다.

"잘 알겠습니다. 꼭 흑막을 찾아내 당신의 마음의 짐을 덜어드리도록 하지요."

"…부탁합니다."

이제 유하는 울릉도에 숨어 지내고 있다는 살인청부업자를 찾아 길을 떠났다.

*　　　*　　　*

울릉도는 동해의 외로운 섬이라고 인식되어 있지만, 사실 그 내부를 들여다보면 전혀 그렇지가 않았다.

다른 섬에 비해 풍부한 수자원과 동해의 황금어장을 가진 울릉도는 풍요로움과 신비로움의 산물이라고 할 수 있었다.

동해상에서 배를 타고 이동해야 하는 울릉도의 광경은 수려하기 그지없었다.

울릉군 행정의 중심지인 도동항 인근에는 항상 활기가 넘쳐흐르며 어시장은 북새통을 이루었다.

이런 갈매기의 군도 울릉도인지라 수많은 관광객이 몰려들어 발 디딜 틈이 없어야 정상이다.

하지만 슈퍼대장균 파동으로 인해 그 수요가 눈에 띄게 줄어들었다.

원래 이곳까지 오는 데 사용되는 선박은 앉을 자리가 없을 정도로 붐벼야 하지만, 지금은 절반도 못 채운 채 운항을 계속하고 있었다.

덩달아 울상이 된 이곳의 주민들. 거의 대부분이 조업과 관광업에 종사하는 그들에게 대장균 사태는 거의 재앙이나 다름없었다.

유하는 그런 안 좋은 광경을 몸소 체험할 수 있었다.

"누군지는 몰라도 그놈들 때문에 여러 사람 죽어나가는군."

성수기 한 번에 거의 일 년 치 장사를 몰아서 하는 관광업은 시기를 놓치면 또다시 일 년을 기다려야 한다.

그런 만큼 주민들의 실망은 이만저만이 아니었다.

유하는 그런 주민들의 시름을 헤치고 J를 찾아 길을 떠났다.

양만이가 준 정보에 의하면 그는 울릉도의 한 여인숙에서 지내고 있다고 했다.

한국에서 청부가 있거나 일을 마치고 잠적할 때 사용한다는 여인숙은 울릉도에 하나, 백령도 인근에 하나가 있었다.

인구 1만이 거주하는 울릉군이지만 경찰의 추적이 미치기엔 조금 무리가 있었다.

때문에 그는 이곳을 제1의 잠적 장소로 삼은 모양이었다.

유하는 손에 쥐고 있던 쪽지를 바라보았다.

[장미여인숙]

상당히 흔한 이름이지만 울릉도에서 장미여인숙이라는 이름을 가진 여인숙은 그리 흔하지 않았다.

유하는 주변 상인들에게 수소문하여 어렵지 않게 장미여인숙을 찾을 수 있었다.

그는 여인숙에 들어가기 전에 잠시 건물의 전경을 살펴보았다.

언뜻 보기에도 상당히 오래된 건물로 보이는 여인숙은 곳곳에 균열이 생겨 더 이상 장사를 할 수 없을 정도였다.

하지만 그럼에도 불구하고 간판의 불은 여전히 켜져 있었으며, 몇몇 객실은 실제 투숙객이 머물고 있는 것 같았다.

"이런 여인숙이 잘도 장사를 하고 있군."

내륙의 군과 다를 바 없는 인구의 울릉군이지만 관광객의 숫자가 결코 적지 않았다.

그럼에도 불구하고 이렇게까지 허름한 건물로 살아남을 수 있는 것에는 분명 뭔가 이유가 있을 터였다.

유하는 여인숙 문을 열었다.

끼이이익.

"계십니까?"

사람 두 명이 간신히 드나들 수 있을 정도로 좁은 복도에 유하의 목소리가 메아리쳐 돌아왔다.

그러자 이내 한 노파가 고개를 빠끔히 내밀어 유하를 맞았다.

"이잉? 이 시간에 손님이라니, 방을 찾으시는 겐가?"

"예, 어르신. 방 하나 주십시오."

"알겠네. 잠시만 기다려 주게."

이윽고 방 열쇠를 꺼내는 노파, 유하는 열쇠와 함께 노파의 손을 잡았다.

그리곤 노파의 손에 도력을 흘려보냈다.

찌릿!

그러자 노파는 화들짝 놀라며 손을 뗐다.

"어, 어엇!"

"…이놈이군."

유하는 아무래도 노파가 변장한 J가 아닐지 의심했다.

미소를 짓는 얼굴이 어딘가 모르게 약간 들떠 있다고 생각했기 때문이다.

그 예상은 적중했고, 노파는 가면을 벗어 던졌다.

"이런 젠장!"

가면을 벗기고 보니 그는 이제 막 서른이나 되었을 법한 청년이었다.

이제 유하는 그를 잡아 진실을 파헤칠 일만 남았다.

제10장
흑막을 걷어내다

장미여관의 관리실.

이곳은 두께 1미터의 콘크리트와 방음 시설로 인해 철저한 비밀이 보장된다.

유하는 이곳에 통칭 J, 아사쿠라 준이치를 묶어두었다.

“자, 이제부터 진실게임을 시작해 보자.”

“…진실게임이라……. 무엇이 알고 싶은 거냐?”

“네게 돈을 주고 사람을 죽인 인물이 누구인지 알아야겠다.”

“내가 그것을 답해야 할 이유는?”

"똑바로 답하지 않으면 너의 목숨을 앗아갈 것이기 때문이지."

그는 살며시 고개를 끄덕였다.

"좋아, 사실을 말해주지."

"생각보다 머리가 좋은 녀석이군."

"사실은……."

"사실은?"

잠시 말꼬리를 잡고 늘어지던 준이치가 유하를 가까이 불러들였다.

"이쪽으로……."

그리곤 아주 살며시 속삭이듯이 말했다.

"사실은……."

"말해라."

"…엿이나 처먹어!"

꽈득!

"크윽!"

그는 유하를 가까이 불러들인 다음 귓불을 물어뜯어 버렸다.

유하가 재빨리 대처했기 망정이지 그렇지 않았다면 귓불이 뜯어져 나갔을 것이다.

"크큭! 맛있군. 역시 귓불은 이렇게 뜯어 먹어야 제맛이지."

"…미친놈이로군."

"그럼 살인청부업자가 제정신일 것이라고 생각했나?"

그는 스스로가 살인청부업자임을 순순히 자백했다.

그리고 유하에게 무력으로 제압하여 묶이는 순간까지 자신을 풀어주지 말라고 신신당부했다.

풀어주면 자신이 유하를 죽일 것임을 시사한 것이다.

유하는 그의 얼굴을 주먹으로 냅다 후려쳤다.

퍼억!

"크헉!"

"이런 빌어먹을 자식 같으니, 보자보자 하니 별 이상한 짓거리를 다 하는군."

"크헤헤헤, 크헤헤헤!"

도저히 말로 해선 들어먹을 것 같지 않다고 생각한 유하는 그에게 초강수를 두기로 했다.

"네놈, 세상에서 가장 고통스러운 것이 무엇인지 아느냐?"

"후후, 인생 자체가 고통인데 무슨 고통?"

"아직 햇병아리군."

유하는 책상 위에 놓여 있는 젓가락을 집어 들었다.

그리곤 그 젓가락을 준이치의 허벅지에 사정없이 찔러 넣었다.

푸욱!

"크아아악!"

"이제부터 진짜 고통이 무엇인지 아주 뼈가 아리도록 깨닫게 해주지!"

파바바바밧!

"크허어억!"

유하는 젓가락에 도력을 불어넣었고, 그 도력은 순식간에 준이치의 피를 타고 온몸 구석구석으로 흘러들어 갔다.

이제 각 혈맥엔 유하의 도력이 자리하게 되었고, 이곳에 도력진을 그려 넣으면 자동적으로 그는 도깨비화가 될 것이다.

이내 유하는 그의 손과 발을 감고 있던 포박을 풀어주었다.

"가라. 자유의 몸이다."

"뭐, 뭐라?"

"자유의 몸이라고 했다."

"…진심이냐?"

"그렇다. 이제 가서 네가 하고 싶은 것을 마음껏 하면서 살아라."

"큭큭! 너야말로 미친놈이군. 사람을 잡아놓고 포박할 땐 언제고 다시 자유를?"

"5초 주겠다. 마음이 변하기 전에 이곳을 떠나라."

"큭큭큭! 네가 정 원한다면."

그는 관리실에 있던 돈 가방을 챙겨 들고 황급히 여인숙을 빠져나갔다.

그런 그를 바라보는 유하의 입가에 회심의 미소가 걸렸다.

"내일이면 나를 애타게 찾겠지."

유하는 이제 유유자적하게 관광이나 즐기면 일이 저절로 풀릴 것이다.

* * *

이른 아침, 준이치는 울릉도를 벗어나 포항으로 향했다.

"후우, 죽을 뻔했군."

원래 킬러는 자신의 목숨을 내놓고 다른 이의 목숨을 앗아가는 직업이다.

오히려 죽음에 노출되어 있는 타깃보다 훨씬 더 아슬아슬하고 위협적인 인생을 살아간다.

그래서 킬러들은 자신들을 영혼을 대가로 돈을 버는 사람들이라고 표현했다.

그들에게 자유란 애초에 허락되지 않은 것이며, 무지막지한 돈을 벌어도 제대로 사용할 수도 없었다.

대부분은 차명으로 집과 차를 구매하며, 위장 신분으로 삶을 영유하게 된다.

그는 죽음에서 벗어나자마자 술집부터 찾았다.

시간은 이제 정오를 향해 가고 있었지만 그는 밥보다 먼저 술을 찾았다.

국밥을 파는 식당에 들어선 그는 소주와 맥주를 주문했다.

“여기 국밥 한 그릇에 소주, 맥주 한 병씩!”

“네, 갑니다!”

그는 뼈를 발라 먹으라고 준 대접에 소주와 맥주를 가득 따라 그것을 단숨에 넘겼다.

꿀꺽꿀꺽!

“크흐, 좋다!”

킬러들은 자신만의 방법으로 극심한 스트레스와 죄책감을 덜어내곤 한다.

준이치는 스트레스를 푸는 방법으로 술과 여자를 선택했다.

그는 연거푸 소주와 맥주를 네 병이나 더 주문해서 그것을 모두 다 비워냈다.

“끄헉, 끄헉.”

빈속에 술을 퍼마셨더니 속이 뒤집어지는 것 같았다.

그래서 그는 국밥을 미친 듯이 퍼먹고는 이내 탁자에 10만 원을 올려놓고 가게를 나섰다.

“후우, 좀 살 것 같군.”

이제 그는 잠시 여독을 푼 후 여자를 찾아서 포항 유흥가로 향할 것이다.

그날 저녁, 한껏 꿀 같은 휴식 시간을 보낸 준이치는 이제 본격적으로 돈 쓸 궁리에 빠져들었다.

"으음, 오늘은 어떻게 놀아야 좋을까?"

우선 그는 근처 양복집에서 깔끔한 정장을 한 벌 구매하기로 했다.

아무리 돈을 주고 노는 것이라고 해도 그는 자신을 꾸미고 여자들을 안고 싶었다.

이것은 일종의 보상심리이며, 그가 스트레스를 푸는 가장 근본적인 방법이라고 할 수 있었다.

고로 그는 자신을 꾸미는 데 돈을 아끼지 않았다.

"어서 오십시오."

"정장 한 벌. 검은색으로."

"셔츠는 어떤 색을 찾으시는지요?"

"검은색. 구두와 넥타이 또한 검은색. 하지만 커프스는 금색."

"잘 알겠습니다. 잠시만 기다려 주십시오."

맞춤 정장을 입으면 좋겠지만, 어차피 조만간 이곳을 떠날 것이라 기성복을 사기로 한 것이다.

잠시 후, 그의 앞에 적당한 사이즈의 양복이 세트로 나왔다.

"어떠십니까?"

"잠깐."

그는 서 있는 그 자리에서 옷을 훌러덩 벗더니 이내 빠른 속도로 양복을 입었다.

"으음, 딱 좋군."

"이것으로 하시겠습니까?"

"계산서."

"예, 손님."

그의 사이즈를 눈썰미로 가늠한 직원은 아주 정확하게 몸에 맞는 옷을 가져다주었다.

덕분에 그의 기분은 상당히 좋아져 있었다.

"다 해서 50만 8천……."

그는 통 크게 100만 원을 현금으로 건넸다.

"나머지는 너 가져."

"예, 예?"

"남은 것은 시간을 아낀 수수료라고 생각하도록."

"가, 감사합니다."

이윽고 그는 양복을 쫙 빼입은 채 미용실을 찾았다.

"어서 오세요!"

"머리 좀 해줘."

"네, 이쪽으로 오세요."

미용실에서 머리를 하고 나면 이제 곧장 즐거운 시간을 갖게 될 것이다.

하지만 미용실 의자에 앉은 그는 화들짝 놀라고 말았다.

"어떻게 해드릴까요?"

"자, 잠깐."

"네?"

"머, 머리가……."

그는 원래 머리숱이 아주 많은 편이었다.

때문에 원하는 시기에 원하는 스타일로 머리를 꾸밀 수가 있었다.

그런데 지금 그의 머리는 정수리가 훤히 보일 정도로 텅 비어 있었다.

"탈모가 있으시다면 가발이나 붙임머리를 해드릴 수도 있는데요."

"…젠장!"

"손님?"

그는 주변에 있는 가발 중 적당한 것으로 골랐다.

"우, 우선 이것으로……."

"예, 알겠습니다."

급한 김에 가발로 머리를 가리긴 했지만, 쉽사리 충격에서 벗어나지 못하는 준이치이다.

'빌어먹을! 도대체 뭐가 어떻게 된 거야?!'

어쩌면 그날 젓가락에 찔리면서 충격을 받아 머리가 빠졌을 수도 있겠다고 생각하는 준이치다.

하지만 찜찜한 마음과 머리가 빠져 상해 버린 속은 도저히 추슬러지지가 않았다.

'개새끼, 잡히면 반드시 두 동강을 내주겠어!'

그는 속으로 유하를 씹어 발겼다.

* * *

그날 밤, 그는 거나하게 술에 취해 유흥가에 있는 여자들을 돈으로 샀다.

"아잉, 오빠."

"이리 와봐!"

유흥주점에서 술을 퍼마신 그는 근처 모텔로 자리를 옮겨 남은 회포를 풀기로 했다.

여인의 옷가지를 빠르게 벗긴 그는 거칠 것 없이 그녀의 몸을 탐닉하기 시작했다.

"으음……."

한껏 달아오르는 그녀의 몸, 하지만 어쩐지 그의 물건은 꿈쩍을 하지 않았다.

'어, 어라? 이상하네. 술을 너무 많이 마셨나?'

지금까지 그는 잠자리에서 한 번도 져본 적이 없는 침대 위의 챔피언이었다.

그것은 술을 마셨든 마약을 투약했든 간에 상관이 없었다.

하지만 지금은 어쩐 일인지 도저히 아랫도리가 움직일 생각을 하지 않았다.

"오빠, 왜 그래?"

"크, 크흠."

"아하, 알겠어. 잠시만."

이 업계에서 오래 일을 한 그녀는 알아서 그의 문제점을 찾아냈다.

그리곤 그것을 해결하려던 찰나, 그녀는 자신이 문제를 해결할 수 없다는 것을 깨달았다.

"오빠, 없는데?"

"뭐?"

"없다고. 이게 없으니……."

순간, 그는 자신의 아랫도리에 달려 있어야 할 방울이 없어졌음을 깨달았다.

"어, 어어어?!"

"…뭐야? 지금 나랑 장난해? 반반하고 몸도 좋기에 따라왔더니……."

이윽고 그녀는 짜증이 가득 섞인 투로 옷을 입고 방을 나섰다.

"쳇, 이게 뭐야?"

쾅!

모텔 문을 닫고 방을 나선 그녀. 준이치는 충격에 빠지고 말았다.

"마, 말도 안 돼! 내, 내 고환이……."

이제 그는 더 이상 남자구실을 할 수 없는 고자, 그러니까 성불구자가 되어버린 것이다.

길거리의 고양이도 거세를 하고 나면 더 이상 살아갈 의미를 찾지 못한 채 축 늘어져 죽을 때까지 의욕 없이 살아가게 된다.

하물며 번식에 대한 욕구가 남다른 인간이라면 더 말할 것도 없었다.

그런 가운데 남자들의 가장 큰 고민 중 하나인 탈모까지 겹친다면 아마 그는 더 이상 살아갈 수 없을 것이 분명했다.

준이치는 거울에 비친 자신의 모습을 바라보며 망연자실했다.

"머, 머리가……."

그는 고환 두 쪽이 없어진 것으로도 모자라 머리가 듬성듬

성 벗겨진 대머리가 되어버렸다.

처음엔 그저 원형탈모라고 생각한 그는 이 사태가 보통이 아님을 직감했다.

"그 개자식! 그 개자식이 원흉이다! 그 자식을 죽여 버려야 내가 살 수 있어!"

그는 그길로 배를 타고 다시 울릉도로 향했다.

* * *

유하는 이제 슬슬 그가 나타날 때가 되었고 생각했다.

대한민국, 아니, 전 세계 모든 남자의 가장 큰 고민은 두 개로 요약할 수 있었다.

그것은 바로 성 기능과 머리숱.

이 두 가지는 세계 어느 나라를 막론하고 남자라면 한 번쯤 하게 되는 고민이다.

둘 중 하나의 문제만 있어도 밤에 마음 편하게 잠을 자지 못할 정도인데, 만약 이것을 동시에 가지고 있다면 문제는 상당히 심각해진다.

유하는 준이치에게 자유를 주고 그것을 누릴 수 없도록 만들었다.

탈모를 진행시켜 아예 머리숱을 없애 버리고 고환을 소멸

시켜 성관계를 맺을 수 없게 했다.

이제 그는 살아도 산 것이 아니며, 더 이상 남자로서 구실을 할 수 없게 된 것이다.

아마 준이치는 유하를 찾아 죽이기 위해 반드시 울릉도를 찾을 것이다.

이른 아침, 유하는 울릉도의 한 식당에서 식사를 하고 있었다.

"후루룩, 으음! 좋군."

연신 감탄사를 내뱉고 있는 그의 앞에 모자를 푹 눌러쓴 준이치가 모습을 드러냈다.

딸랑!

식당의 문을 열자마자 유하를 향해 달려드는 준이치. 그의 눈동자에는 이미 이성이란 것이 남아 있지 않았다.

"이런 개자식! 죽여 버리겠다!"

"모자란 놈. 그렇게 당하고도 정신을 못 차렸단 말이야?"

유하는 자신을 향해 달려드는 그의 명치를 손가락으로 가볍게 찔렀다.

그러자 그는 극심한 전기 자극에 시달렸다.

치지지직!

"어, 어어어어억!"

"어머, 총각! 이 사람 왜 이래?!"

이윽고 유하는 그를 어깨에 짊어지곤 식당을 나섰다.

"너무 놀라지 마십시오. 간질이라 그렇습니다."

"아아, 그렇군."

"잘 먹었습니다."

유하는 게거품을 물고 기절해 버린 그를 데리고 식당을 빠져나왔다.

* * *

포박도 없이 장미여인숙 관리실에 앉은 준이치가 유하를 바라보고 섰다.

그는 이제 더 이상 살 수 없다며 그를 설득하는 중이었다.

"…차라리 내 목숨을 앗아가라. 그렇게 할 수 있다면 고통은 덜할 것이다."

"싫다. 그렇게 쉽게 너를 죽일 것이었다면 그런 말도 안 되는 짓거리를 왜 했겠나."

유하는 그의 명치를 찌르면서 고환 두 개 중 하나를 살려주었다.

하지만 고환은 한 쪽만으로 이 세상을 살아갈 수가 없었다.

준이치는 유하의 앞에 아주 정중하게 무릎을 꿇었다.

털썩!

"형님, 아니, 선생님! 제발 저 좀 살려주십시오! 다시는 이런 나쁜 짓 안 하겠습니다!"

"그런다고 죽은 사람이 돌아오나? 아직 너는 속죄할 준비가 덜 돼 있어."

"흑흑, 제발요!"

유하는 그를 바라보며 슬며시 미소를 지었다.

"그럼 내가 시키는 일은 무엇이든지 다 할 준비가 되어 있겠군."

"무, 물론입니다! 죽으라고 하시면 죽는 시늉이라도 하겠습니다!"

"정말?"

"당연하지요! 못 믿으시겠다면 지금 당장 손목을 그어버리겠습니다!"

준이치는 고환을 돌려준다면 정말 목숨이라도 버리겠다는 기세였다.

유하는 이제 정말 그가 정신적으로 개조되었다고 생각했다.

"좋아, 그렇다면 첫 번째 질문부터 하도록 하지."

"말씀만 하십시오!"

"너에게 살인을 교사한 사람이 누구인가?"

그는 더 이상 잃을 것이 없다는 듯 술술 말을 풀어냈다.

"제가 알기론 검찰 쪽에서 일하는 사람이라고 들었습니다."

"검찰?"

"검찰청에서 그를 과장이라고 부른다더군요. 그래서 그를 최 과장이라고 부르는 겁니다."

"…검찰?!"

지금 준이치가 하는 말은 거짓이 아닐 것이다.

그리고 그가 가지고 있는 정보는 상당히 고급이라서 한 치의 오차도 없을 것이 분명했다.

"그럼 네가 죽인 사람은 누구인가?"

"인천 경인일보 시사부 편집장 이형석입니다."

"왜 죽인 것이지?"

"그것까진 알지 못합니다. 하지만 제가 봤을 때 그는 뭔가 신문기사를 작성하고 있었습니다."

"편집장이 직접 기사를?"

"확실합니다. 제 눈썰미는 남다르니까요."

"으음."

"아마도 그 신문기사 때문에 죽은 것이 아닐까 싶습니다."

"아무튼 너도 진실은 잘 모른다는 소리지?"

"예, 그렇습니다."

그의 가설은 충분히 가능성이 있었다.

검찰에서 무슨 일을 꾸미고 있다가 언론이 개입된 것을 알았다면 어떤 린치를 가했을 것이 틀림없었다.

게다가 검찰이 미치지 않고서야 국민을 죽음으로 몰아넣는 대장균을 퍼뜨릴 리가 없었다.

그는 이 사건에 흑막이 있으며 분명 배후에서 어떤 사건을 조작하고 있는 것이 분명했다.

유하는 그에게 제안을 하나 했다.

“좋아, 그렇다면 내가 제안을 하나 하지.”

“말씀하시지요.”

“네가 나를 도와준다고 약속하면 고환을 돌려주겠다. 물론 머리카락도 재생시켜 주고.”

“저, 정말이십니까?!”

“하지만 네가 삐딱선을 타면 그 즉시 고환은 으스러져 형체를 알아볼 수 없게 될 것이다.”

“여, 여부가 있겠습니까?!”

이윽고 유하는 그의 어깨에 손을 가져다 댔다.

그러자 그의 머리카락이 다시 차오르고 고환 역시 원래대로 돌아왔다.

“오, 오오!”

“잘 보았을 것이다. 내가 마음만 먹으면 네가 어떻게 되는지.”

“무, 물론이지요!”

“앞으로 내 말을 잘 듣는 것이 좋아.”

“예, 형님!”

그는 어느새 유하를 형님으로 따르고 있었다.

"좋아, 가자. 놈을 족치러."

"예!"

두 사람은 울릉도를 떠나 서울로 향했다.

* * *

부산광역시 부산 포구의 한 선착장.

이곳에 수많은 경찰 병력이 집중 배치되었다.

살인용의자 정미주가 한국을 떠날 것이라는 첩보가 전해졌기 때문이다.

사실 지금 전국의 모든 경찰이 그녀를 잡기 위해 혈안이 되어 있다고 해도 과언이 아니었다.

언론은 그녀를 파렴치한 살인범에 사기꾼으로 몰아갔고, 국민들은 그녀를 잡아달라고 민원까지 제출하고 있었다.

일이 이렇게까지 커지자 검찰은 물론이고 경찰들까지 모두 비상사태에 돌입한 것이다.

현장을 총괄하는 최성국은 이번 작전으로 분명 그녀가 잡혀들 것이라고 예상했다.

'이번에야말로 네년을 잡아서 콩밥을 먹이고 말겠다.'

그녀가 사건에 대해 발설하지 않는다면 예정대로 주식을

팔아치우고 잠적할 수 있을 것이다.

하지만 그녀가 붙잡히지 않는다면 사건은 또다시 미궁 속으로 빠져들게 된다.

한마디로 지금 그는 그녀를 잡기 위해 모든 것을 쏟아부어야 한다는 소리였다.

부산경찰서에 특수수사팀을 꾸린 그는 현장 인력으로부터 지속적인 보고를 받았다.

—1구역, 이상 없습니다.

—2구역, 아주 깨끗합니다.

그러나 지금까지 약 일주일간, 그녀는 도저히 잡힐 생각을 하지 않았다.

부산 포구에 투입된 병력만 무려 500명. 역대 최고의 수색이다.

하지만 지금까지 또렷한 성과가 없으니 답답하기 그지없었다.

"어이, 서장 나리."

"예, 과장님!"

"지금 나를 가지고 장난치는 거요?"

"그, 그게 아니고……."

"부산에 있는 전 의경을 투입시켰는데 성과가 없다니 그게 말이 된다고 생각하는 거요?!"

"죄, 죄송합니다!"

"경찰을 그만두고 싶으면 사직서를 쓰세요. 괜히 나를 건드려서 여럿 다치게 하지 말고."

"시정하겠습니다!"

그가 애먼 사람이나 잡고 있던 바로 그때였다.

—서장님, 용의자로 보이는 여성을 찾았습니다!

"뭐라?!"

최성국은 즉시 무전기를 잡았다.

"어서 그년을 잡아! 무슨 일이 있어도 잡아야 한다! 그렇지 않으면 내가 직접 이 경찰서를 정리해 버리겠어!"

점점 더 언성이 높아지는 가운데, 무전기 너머로 총성이 들렸다.

—타앙!

—젠장! 1구역에 지원 바람! 용의자에게 공범이 있는 것 같다!

"공범?!"

지금 최성국의 작전팀에선 그녀를 지원해 줄 사람이 없을 것이다.

이미 일은 벌어졌고, 돈은 눈덩이처럼 불어나고 있기 때문이다.

'도대체 누가……?'

점점 더 오리무중으로 빠지는 현장, 이제 그 조력자는 모습을 감추기에 이른다.

—어어, 어어! 서장님! 두 용의자가 부산 앞바다에 몸을 던졌습니다!

"뭐, 뭐라?! 바다에 몸을 던져?!"

—아무래도 해상로를 이용해 도주하려는 것 같습니다!

"이런 미친……!"

"잡아! 무조건 잡아! 해경이든 뭐든 다 동원해서 잡으란 말이야!"

"예!"

최성국은 목이 타는지 넥타이를 고쳐 맸다.

'젠장!'

아슬아슬한 줄타기, 그 게임이 이제 본격적으로 시작되려 했다.

* * *

부산 앞바다.

정미주는 사람 몸통만 한 거북이에 의지해 바다를 부유하고 있었다.

—끼룩, 끼룩!

몸통의 절반이 붕대로 감겨 있긴 하지만, 그녀를 등에 태운 녀석은 분명 거북이가 확실했다.

"도대체 이건……."

그런 그녀의 곁으로 다가온 남자는 더욱 말도 안 되는 것을 타고 있었다.

"어때요, 우리 자라의 승차감이?"

"……."

구름을 타고 나타난 남자. 그녀는 도대체 뭐가 어떻게 된 일인지 알 수가 없었다.

동화에서나 보아오던 신선이 강림하기라도 했단 말인가?

그녀는 도무지 이 모든 것을 믿을 수가 없었다.

"다, 당신, 뭐야? 도대체 뭔데……."

"당신에게 묻고 싶은 것이 있는 사람이죠."

"묻고 싶은 것이라면……."

"최 과장, 아니, 최성국 검사가 꾸미고 있는 일이 도대체 뭡니까?"

작전주에 대한 것은 아마 철저히 비밀에 부쳐져 있을 것이다.

'정보가 샜나? 아니면 또 다른 배신자가…….'

너무나 혼란스러운 이 상황, 하지만 중요한 사실은 이 남자가 최성국에게 호의적이진 않다는 사실이었다.

"당신이 나를 어떻게 찾아온 것인지는 모르겠지만

난…….”

“당신은 살인을 하지 않았습니다. 난 그것을 알 수가 있어요.”

“…어떻게 그걸 확신하죠?”

그는 애매하게 말을 돌렸다.

“좋아요. 나와 거래를 합시다. 당신이 나를 도와주면 내가 당신을 구원해 주도록 하겠습니다. 어때요?”

“당신 혼자서 나를 도와줄 수 있다고 생각하나요?”

“충분합니다. 내가 맨땅에 헤딩을 해가면서 당신을 찾아 구했어요. 더한 것도 할 수 있지요.”

구름을 타고 다니는 사나이. 그녀는 일단 뭐가 어떻게 된 것인지 들어야겠다고 생각했다.

“좋아요. 그럼 당신이 지금 벌이고 있는 이… 말도 안 되는 짓거리부터 설명해 주시죠.”

“으음, 좀 어려운 얘기일 텐데, 이해할 수 있겠어요?”

“한번 들어나 보죠.”

“알겠습니다. 그럼 일단 뭍으로 올라가서 얘기합시다.”

두 사람은 부산을 빠져나와 전라남도 해남으로 향했다.

외전
도술사 소년

유그라드 신력 116년, 이노티아 왕국의 수도 이노베이아 외곽.

다그닥다그닥!

흰색 말 한 필이 전력을 다해 이노베이아 외곽 숲으로 향했다. 말에 오른 사내는 기골이 장대했으며 등에는 거대한 창을 매달고 있었다.

"허억, 허억!"

우람한 그의 팔뚝은 간신히 말고삐를 잡고 있었는데, 아무래도 그의 몸에 뭔가 문제가 있는 것 같았다.

"으앙, 으앙!"

한데 자세히 보니 그의 품속에는 녹색 눈동자에 푸른색 머리카락을 가진 아이가 들어 있었다.

사내는 한 팔로 아이의 얼굴을 살살 간질여 주었다.

"뚝! 이제부턴 울면 안 됩니다."

"으앙, 으앙!"

아직 말도 제대로 못하는 아기를 안고 달리는 남자의 눈동자에서 눈물이 흐른다.

"흑흑, 죄송합니다! 소장이 무능해서……."

지금 아이를 데리고 가는 사람의 이름은 루시우스, 이노티아 왕국의 총사령관이다.

그는 상왕 카일란의 심복이며, 이노티아의 11대 왕 제노아의 둘도 없는 충신이기도 했다.

루시우스는 이노티아 왕국 북부의 총사령관으로 역임하면서 북방 유목민족의 침입을 무려 300회나 막아냈다.

또한 그는 이노티아 왕국 북부에 아슬란티아 군을 창설하고 그들을 이끌어 북방 유목민족을 모두 토벌했다.

그가 북부 토벌에 성공하면서부터 이노티아에는 평화가 찾아왔으며, 역사에 다시없을 황금기를 맞게 되었다.

그들은 북부의 광활한 산맥에서 얻어지는 광물과 북서부의 풍부한 어장, 그리고 중부의 넓은 곡창지대에서 얻은 곡물을 대륙 전역으로 팔아치웠다.

그 기반으로 인해 지금 이노티아는 대륙 동부의 가장 강력한 세력으로 자리매김하고 있었으며, 부유함의 상징처럼 여겨졌다.

하지만 황금기가 길면 길수록 왕국은 어지러워졌고, 급기야 10년도 안 되는 태평성대를 깨고 반정이 일어났다.

그 과정에서 상왕 카일란이 목숨을 잃었으며, 왕국의 제3왕자인 아델이 유배 중에 목숨을 잃었다.

지금 왕국은 제노아 국왕에 의해 통치되고 있지만, 반란군이 승리하면서 왕권은 거의 바닥으로 추락하고 말았다.

사람들은 조만간 왕위가 바뀔 것이라고 예언했고, 그 예언은 어느 정도 실현되어 가고 있는 중이었다.

이에 이노티아 국왕의 정비 아실리아는 왕자 티리엘을 자신의 친정으로 도망 보내기에 이른다.

왕자 티리엘은 태어난 지 불과 일주일도 안 되어 어머니의 품을 떠나 낯선 땅으로 떠나가야만 했다.

"으앙, 으앙!"

루시우스는 자신의 품속에 넣고 따뜻하게 품고 있던 아실리아의 모유를 꺼냈다. 체온에 의해 적당히 따뜻해진 모유는 아이가 먹기 좋은 정도로 유지되고 있었다.

그는 젖병을 아이의 입에 물렸다.

"츕츕츕."

"…후후, 힘이 좋으시군요. 앞으로 큰 사람이 되시겠습니다."

천천히 말을 몰며 아이에게 젖을 먹이던 루시우스는 하늘로 고개를 돌렸다.

쏴아아아아아!

먹구름이 잔뜩 끼어 있던 하늘은 끝내 굵은 빗방울을 쏟아냈다.

그는 아이가 비에 젖지 않도록 가죽 로브로 천막을 만들어 주었다.

"비가 많이 올 모양이군."

루시우스는 성치 않은 몸을 이끌고 숲 속 깊은 곳으로 천천히 말을 몰았다.

* * *

이노베이아 왕국의 정원.

이곳은 근위병과 친위대의 시신으로 가득했다.

왕궁의 지하 수로에서 뿜어져 나오던 분수대에는 맑은 물 대신 병사들이 흘린 피가 흐르고 있었다.

국왕 제노아는 황망한 눈으로 자신들의 병사들을 바라보고 있었다.

"……."

그런 그의 곁으로 다가온 사내가 아주 정중한 어투로 물었다.

"전하, 옥체가 상하시진 않았습니까? 행여나 오늘 일로 옥체가 미령해질까 두렵습니다."

제노아는 자신의 친형이자 왕국 유일의 공작인 베이너스에게 물었다.

"…도대체 저에게 왜 이러시는 겁니까? 시키는 대로 꼭두각시 왕이 되지 않았습니까? 그런데 왜……."

베이너스는 고개를 좌우로 살며시 흔들며 답했다.

"아니, 전하께선 하나만 알고 둘은 모르십니다. 하늘에 뜬 태양은 하나일 뿐 둘이 될 수 없습니다. 저는 그래서 하나의 태양만 남기고 나머지 태양은 제거해 버렸습니다. 그리고 그 태양의 주변을 맴도는 불필요한 달이라는 녀석도 베어버렸지요."

그는 자신의 아버지 상왕 카일란과 함께 3왕자이자 친동생인 카일도 죽여 버렸다. 제노아는 언제 죽을지 모르는 자신을 남겨둔 그의 의도를 너무나도 잘 알고 있었다.

"…왕위가 탐난다면 기꺼이 드릴 수 있었습니다. 옥좌가 탐난다면 지금이라도 흔쾌히 비켜 드리지요. 저는 왕위에 욕심이 없습니다. 그런데도……."

"네가 왕위에 욕심이 없다고 아버지와 막내도 그랬을까?"

"…최소한 형님처럼 권력에 눈이 멀어 사람을 죽이지는 않았겠지요."

베이너스는 동생 제노아의 목덜미를 손으로 낚아챘다.

턱!

"크윽!"

"멍청한 놈, 권력에 눈이 멀어야 왕도 되는 법이다. 너처럼 권력에 아무런 뜻이 없는 놈이 왕이 되어버려 나라가 이 모양이 꼴이 되어버린 거다."

"쿨럭, 쿨럭!"

다 죽어가는 동생의 안색을 살피던 그가 이내 손아귀의 힘을 풀었다.

그러자 시퍼렇게 질려 있던 제노아의 안색이 정상으로 돌아왔다.

"허억, 허억!"

베이너스는 제노아의 머리채를 휘어잡곤 고개를 뒤로 젖혔다.

"큭!"

"쯧쯧, 이런 말도 안 되는 굴욕을 당하는 국왕이라니, 이러니 나라가 거꾸로 돌아가지."

"…그냥 죽이십시오! 형님이 원하는 것은 이미 다 가지지 않았습니까?!"

"으음, 그러면 안 되지. 어디까지나 왕위에는 정통성이 필요하다. 그런데 내가 너를 죽이고 왕위를 찬탈하면 사람들이 뭐라고 손가락질하겠나? 안 그런가?"

그가 제노아를 살려둔 것은 병약한 왕이 서거하고 나면 곧바로 자신이 왕위를 물려받기 위해서였다.

이노티아의 백성들은 물론이고 나라의 대관소작들, 더 나아가선 군부와 주변국의 지지를 받기 위해서 그는 정통성 있는 왕이 되어야 했다.

그래서 그는 아버지와 동생을 죽이고도 현왕을 죽이지 않고 살려두었던 것이다. 이내 베이너스는 바닥에 축 늘어져 있는 제노아의 얼굴을 살며시 어루만지며 말했다.

"이런. 전하의 몰골이 말이 아니시군요. 어서 시녀들을 불러 왕궁을 수습하고 목욕재계부터 하셔야겠습니다. 국왕의 꼴이 이런데 백성들이 어찌 믿고 따르겠습니까?"

"……."

제노아는 피가 거꾸로 솟는 굴욕을 억지로 씹어 삼켰다.

'하늘이시여…….'

그는 피투성이가 된 정원에 홀로 남아 조용히 눈을 감았다.

* * *

왕비 아실리아의 별궁.

이곳의 광경은 그야말로 두 눈 뜨고 차마 지켜보기 힘들 정도였다.

반란군이 쳐들어와 별궁을 지키던 병사들을 도륙내고, 이곳에 기거하던 시녀들을 모조리 잡아다 강간하고 죽인 것이다.

그나마 살아남은 시녀들은 반란군에게 억지로 몸을 내어주고 있었다.

"크크크! 맛이 어떠냐?!"

"흑흑, 제발 살려주세요!"

피와 눈물만이 가득한 왕비궁, 이곳에는 아직 산후조리 중인 왕비 아실리아와 그녀의 딸 티아나가 구석에 웅크리고 앉아 있었다.

"…으앙!"

"그래, 아가. 이 어미도 가슴이 아프단다."

왕비 아실리아는 자신의 별궁이 피바다로 변하는 것으로 모자라 시녀들이 무참히 겁탈을 당하고 살해되는 광경을 직접 목격할 수밖에 없었다.

어린 딸과 단둘만 남은 그녀가 할 수 있는 일은 아무것도 없었고, 지금은 누군가 자신을 구해줄 때까지 무작정 기다리는 수밖에 없었다.

피와 눈물이 섞여 흐르던 바로 그때, 반란군의 눈이 그녀에게로 돌아왔다.

"크크! 이제 시녀들은 얼추 다 된 것 같고……."

"남은 것은 왕비뿐인가?"

아실리아는 이 나라 이노티아에서 가장 아름답고 자태가 곱기로 유명했다. 그녀가 시집을 오기 전까진 왕국 전역에 있는 모든 남성이 우러러보는 경국지색의 미녀였다. 아실리아를 흠모하는 남자들이 매일 줄을 설 정도였으니 그녀의 미모는 가히 경국지색이라 할 만했다.

그런 그녀를 병사들이 가만 놓아둘 리가 없었다.

"크크, 이쪽으로 좀 와봐!"

"네 이놈! 무엄하구나!"

"오호, 무엄하다……. 어디 내 물건 맛을 보고도 그런 소리가 나오나 보자!"

"무, 뭐라?!"

"크크! 기대해도 좋다. 네 비루먹은 개 같은 서방보단 나을 테니."

"이놈이……!"

아실리아는 자신의 왕을 능욕하는 병사들의 얼굴에 침을 뱉었다.

"퉤!"

"으윽! 그런데 이년이 미쳤나?!"

퍼억!

"크윽!"

"으앙, 으앙!"

아직 산후통이 채 가시지 않은 그녀의 몸은 남자의 손이 살짝만 닿아도 실신할 정도로 약해져 있었다. 그런 그녀를 거칠고 험악한 반란군이 후려쳤으니 몸이 성할 리가 없었다.

하지만 그녀는 아이를 놓치지 않기 위해 젖 먹던 힘까지 모두 쥐어 짜냈다.

"하아, 하아!"

"지독한 년, 그 지경이 되어서도 아이는 내려놓지 않는군."

"큭큭! 저래야 먹는 맛이 있지 않겠어?"

그녀는 눈을 질끈 감았다.

'…내 인생도 여기까진가 보구나.'

아실리아는 병사들이 자신을 겁탈하기 전에 자결을 결행하기로 마음먹었다.

챙!

자품속에 잘 갈무리하고 있던 은장도를 꺼내 든 아실리아는 스스로 심장을 도려내려 이를 악물었다.

"저세상에서 네놈들을 저주하겠다! 이 고통과 분노는 죽어서도 잊지 않겠노라!"

푸욱!

끝내 그녀는 아이를 품에 안은 채 스스로 목숨을 끊어버렸고, 병사들은 이내 고개를 절레절레 흔들었다.

"진짜 독종이군."

"쳇, 좋다 말았네."

이내 반란군은 자취를 감추어 버렸고, 그들에게 거듭 능욕 당하던 시녀들이 삼삼오오 아이의 곁으로 모여들었다.

"흑흑, 마마!"

"으앙, 으앙!"

그녀들은 왕후의 시신을 수습하고 아이를 데리고 왕비궁으로 들어갔다.

*　　*　　*

이노티아 왕국 최대의 항구도시 아틸란.

이곳은 현왕 제노아의 왕비 아실리아의 고향이다.

대륙과 대륙을 이어주는 교두보의 역할을 하면서 동시에 이노티아 최고의 금광을 가지고 있는 아틸란은 부의 상징으로 비견되곤 했다. 항구도시 특유의 활기와 북적거림으로 가득 차 있던 아틸란에 큰 비가 내렸다.

쏴아아아아!

아틸란의 영주 카드리안 후작은 머리 위로 쏟아지는 비를 그대로 맞으며 벌써 반나절이나 서 있었다.

"아실리아……."

그는 자신의 앞에 놓여 있는 딸 아실리아의 관을 지키며 서 있었던 것이다.

집안의 유일한 딸인 아실리아는 그가 애지중지 16년을 키워 왕가로 시집보냈다.

제왕의 아내로 유복한 삶을 살 것이라고 생각했던 그녀는 3년도 채 지나지 않아 싸늘한 주검이 되어 친정을 찾았다.

그 충격은 카드리안을 공황상태에 빠지게 만들었고, 그는 반쯤 정신을 놓아버렸다. 주변에서 무슨 소리를 하던 들리지 않았고, 지금 자신이 무엇을 하고 있는지조차 알 수가 없었다.

딸이 죽은 충격, 그것은 그의 존재 이유마저 부정하는 일이 되어버린 것이다.

그는 마침내 참고 있던 눈물을 쏟아냈다.

"흑흑!"

그러자 그의 곁을 지키고 서 있던 기사단 역시 통탄의 눈물을 흘렸다.

하지만 기사들의 눈물은 영주처럼 서러울 수 없었다.

영지를 지키는 그들이 눈물을 보이는 것은 있을 수 없는 일이었기 때문이다. 다만 부동자세를 취한 채 소리 없는 눈물을 흘리고 있을 뿐이었다.

얼마나 시간이 흘렀을까?

비는 점점 더 거세졌고, 급기야 한 치 앞을 내다보기 힘들 정도로 쏟아졌다.

그런 가운데 한 무리의 군대가 아틸란의 영주성을 찾아왔다.

"아틸란의 영주 카드리안 폰 아틸란은 왕명을 받으시오."

"……."

카드리안과 기사들의 고개가 천천히 전령들에게로 돌아갔다.

전령은 무려 150명, 순전히 왕명을 전하러 온 사람들 같지는 않았다.

슬픔에 잠긴 카드리안을 대신해 기사단장 폰이 전령들을 맞이했다.

"무슨 일이시오? 지금 우리 영지는 상을 치르는 중이란 말이오. 그대들의 눈엔 싸늘한 주검으로 돌아온 마마의 옥체가 보이지 않는단 말이오?"

"왕명이오. 그대가 나설 일이 아니란 말이외다."

"…뭐라?"

순간, 그의 부하들이 모두 검을 뽑아 들었다.

챙!

"죽고 싶은 모양이군! 지금 이곳이 어디라고 그런 말도 안 되는 소리를 지껄인단 말인가?!"

"다시 한 번 말하지만 이건 어명이오. 항명하면 역적이 되어 가문이 멸문지화를 당할 것이오."

바로 그때였다.

"…무슨 일인가? 무슨 일인데 상을 치르는 중에 전령이 왔단 말인가?"

"각하, 저들이……."

"무슨 일인지 묻지 않나?"

"어명입니다. 전갈을 받으시지요."

가까스로 정신을 다잡은 카드리아가 한쪽 무릎을 꿇었다.

"왕명을 받들어 모시나이다."

전령은 부복한 카드리아에게 옥새가 찍힌 어지를 낭독하기 시작했다.

"죄인 카드리아 폰 아틸란은 들어라! 그대는 반란군의 수괴들과 함께 역모를 꾀한 바, 그 재산을 몰수하고 교수형에 처한다!"

"…뭐, 뭐라?!"

카드리아는 부복하고 있던 몸을 일으켜 어지를 낭독한 전령의 목덜미를 주먹으로 후려쳤다.

빠악!

"크헉!"

"이런 개만도 못한 새끼들! 죽어라!"

"주군을 따르라!"

챙!

"돌격!"

"와아아아아아!"

영지에 주둔하고 있던 병력과 기사들이 전령단 150명을 단숨에 처단해 버렸다.

퍽퍽퍽!

"크헉!"

"버러지만도 못한 새끼들! 시체를 갈아서 우리 집 개밥으로 줄 것이다!"

딸을 잃고 교수형에 처해지게 될 카드리아는 더 이상 잃을 것이 없었다.

그는 남은 병사들을 이끌고 진군을 준비했다.

"병사들을 소집하라! 동쪽으로 진군한다!"

"명을 받듭니다!"

카드리아는 기사들과 함께 관을 영지 안쪽으로 옮겼다.

* * *

이노티아 왕국 내전 종전 보름 후.

루시우스는 왕국의 최서단 아틸란에 당도했다.

이곳은 왕자 티리엘의 외조부가 있는 곳이다.

사정을 듣는다면 두 사람을 받아주고 아이를 제대로 양육

해 줄 것이다. 아실리아의 밀지를 받아 이곳까지 온 루시우스는 위장 신분을 이용하여 영지에 잠입했다.

그런데 영지의 분위기가 심상치 않았다.

그는 지나가던 병졸들을 붙잡고 영지의 상황에 대해 물었다.

"이보시오, 영지가 왜 이렇게 소란스럽소?"

"상인이라면 어서 이곳을 피하시오. 곧 전란이 일어날 것이오."

"전란이라면……."

"우리 아가씨가 살해되셨소."

"사, 살해?! 그런 말도 안 되는 일이……!"

"그러니 전쟁이 벌어진 것 아니겠소? 왕국은 아가씨를 살해한 것으로 모자라 우리 영지를 모반으로 엮어 멸문지화하려 하고 있소. 칼을 들 수밖에."

어느 정도 예상은 하고 있었지만, 베이너스의 숙청은 생각보다 훨씬 더 빠르게 진행되고 있는 것 같았다.

'안 된다! 꺼져가는 불씨를 살려야 해!'

이곳은 왕세자가 다시 일어설 수 있는 든든한 기반이 되어주어야 한다. 그럼에도 불구하고 전란에 휩싸이면 그는 설 곳이 없어지고 말 것이다.

그는 당장 영주성 외성으로 달려갔다.

"이보시오, 후작! 카드리아 후작!"

루시우스가 외성에 서서 카드리아를 부르자 병사들이 우르르 쏟아져 나와 그를 포위했다.

"네놈은 누구냐?! 누군데 각하의 존함을 함부로 입에 올리느냐?!"

그는 아실리아가 작성한 친필 칙서를 펼쳐 들었다.

"왕비전하의 전갈이다! 모두 무릎을 꿇어라!"

"아, 아가씨?!"

바로 그때, 카드리아의 아들 아실리우가 병사들 사이로 모습을 드러냈다.

"무슨 소란이냐?"

"도, 도련님, 왕비마마께서 전령을 보내셨습니다."

"뭐? 누이가?"

아실리우는 안 그래도 수척한 얼굴을 잔뜩 구겼다.

"…뭐 하는 작자이냐?"

이윽고 루시우스는 등에 차고 있던 왕국군 사령관의 장검을 꺼내 들었다.

스르릉!

"본인은 왕국군 총사령관 루시우스 폰 이시베리아라고 하네."

"루시우스 장군?!"

"그렇다네. 내가 바로 루시우스일세."

"장군!"

아실리우는 그의 얼굴을 알아보곤 이내 고개를 숙였다. 그러자 그는 병사들과 영주의 아들에게 일어나라고 손짓했다.

"고개를 들게. 지금 이러고 있을 시간이 없네."

그는 자신의 품속에서 한 아이를 꺼내어 아실리우에게 내밀었다.

"꺄르르!"

"이 아이는……?"

"마마께서 낳으신 왕자저하일세."

"하지만 누이가 낳은 아이는 공주로……."

"쌍생아가 태어났다네. 공주마마는 궁에 남고 왕자저하만 이곳으로 피신하셨다네. 마마께선 이미 이 사태에 대해 예견하고 계셨던 것이지."

"누이……."

아이는 모친 아실리아를 무척이나 닮아 있었고, 아실리우는 그 아이가 조카임을 단박에 알아보았다.

"고맙습니다. 내 조카를 살려주시다니."

"본인은 칙명을 받은 몸이네. 그저 저하를 살려서 왕국의 부흥을 꾀하는 것만이 사명이라고 생각하고 있다오."

"감사합니다."

연신 고개를 숙이는 아실리우를 따라 병사들이 함께 부복했다.

*　　*　　*

카드리아 후작은 자신의 외손자 티리엘을 바라보며 깊은 고민에 빠졌다.

"…그러니까 우리가 반정을 일으키게 되면 저하의 정치 기반이 무너진다는 소리요?"

"그렇소."

"이런……."

카드리아 후작은 정치적으로는 꽤나 탄탄한 기반을 가지고 있었다.

비록 군사력으로선 왕가에 도움이 되지 않았지만, 문신들은 그를 자신들의 수장으로 여기고 있을 정도였다.

무가 창궐한 왕궁이라곤 하지만, 그가 가진 문벌의 힘이라면 티리엘을 옹립하는 꿈을 키울 수도 있을 것이다.

"으음."

"군사들을 다시 물리고 왕국에 자진 납세하는 편이 좋을 듯하오."

"하지만 방법이 없지 않소? 이미 나는 병사들을 모조리 죽여 버렸소. 죽은 목숨을 되살릴 수는 없는 일 아니오?"

루시우스는 자신의 창을 바닥에 내려놓았다.

"내가 왕도로 가겠소."

"뭐, 뭐요?! 장군께선 그곳에 가시면 죽는다는 사실을 모르는 것이오?!"

그는 슬그머니 미소를 지었다.

"어차피 이 몸은 왕자저하를 위해 살기로 마음먹었소. 지금 이 한목숨 바친다고 해서 아까울 것은 없소."

루시우스는 영주의 주변에 서 있는 기사들에게 말했다.

"만약 자네들 몇몇이 나를 따른다면 충분히 모반을 꽤했다는 증거를 만들어낼 수 있을 걸세."

"장군!"

"…그리고 놈에게 던져줄 미끼라면 이 정도는 되어야 하지 않겠소? 그렇게도 죽이고 싶어 하던 본인이 아니오?"

가만히 상황을 지켜보고 있던 아실리우가 입을 열었다.

"제가 가겠습니다."

"뭐, 뭐라?"

"제가 기사들을 데리고 왕국으로 가겠습니다. 그러니……."

루시우스는 고개를 저었다.

"자네가 간다고 해도 가문은 멸문지화할 것일세. 아들이 모반을 꽤하면 그 아버지도 능지처참을 당하게 된다네."

"그렇지만 장군께서 서거하시면 왕국의 군대를 모집하는

데 무리가 있을 겁니다."

그는 고개를 가로저었다.

"나의 부하들이라면 내 창을 분명 알아볼 것이네. 거기에 내 혈서를 받는다면 그 뜻을 이해하겠지."

"장군!"

루시우스는 결연한 표정으로 말했다.

"조국을 위한 일일세. 내 목숨 하나 버리는 것은 아깝지 않아. 그러니 나를 보내주게."

"허나……."

카드리아는 루시우스의 의견에 동감하여 힘을 실어주었다.

"…기사 20인과 병사 200을 드리겠소. 이것으로 일을 꾸밀 수 있겠소?"

"그 정도면 충분하오."

"아, 아버지!"

"그만하거라. 장군의 말씀이 옳다. 우리는… 저하의 정치 기반이 되어드려야 한다. 그러니 끝까지 살아남아야 한단 말이다."

때론 살아남는 것이 죽는 것보다 못할 때도 있는 법이다.

특히나 조국을 잃은 군인들에게 삶이란 지옥 불에 뒹구는 고통이나 다름없었던 것이다.

"자, 나를 따라갈 기사들은 손을 들라."

“소장이 함께하겠습니다.”

“저도 갑니다.”

“후후, 좋네. 그대들과 나의 이름은 훗날 역사에 길이 남을 것일세.”

죽음을 향해 걸어갈 루시우스와 기사들의 얼굴엔 오히려 홀가분한 미소가 가득했다.

*　*　*

왕국군 총사령관 루시우스는 20인의 기사와 함께 체포되어 이노베이아 왕궁로 끌려왔다.

그들은 아틸란에서 벌어진 모반은 모두 자신들이 획책한 것으로, 영주의 가솔들에겐 책임이 없다고 주장했다.

덕분에 아틸란은 혐의에서 벗어날 수 있었지만, 루시우스와 기사들은 형장의 이슬로 사라질 위기에 놓이고 말았다.

칙칙하고 음습한 기운이 가득한 왕궁 지하 감옥.

루시우스는 손목과 발목에 대못을 박은 채로 수감되어 있었다.

“으으윽!”

뼈와 살이 분리되는 듯한 고통이 계속되고 있었으며, 상처는 이미 곪아 피가 섞인 진물이 흐르고 있었다.

그런 고통 가운데 그는 자신을 찾아온 한 사내에게로 고개를 돌렸다.

끼이이익.

"잘 있었는가, 전 사령관?"

"…베이너스!"

"으음, 이제 곧 왕이 될 나에게 그런 반항기를 보이다니, 정말로 곱게 죽기 싫은 모양이지?"

루시우스는 쇠사슬로 꽁꽁 묶인 자신의 몸통을 좌우로 비틀어 분노를 표출했다.

"이 반역자! 네놈은 죽어서 불구덩이에 빠져 영혼이 불타 없어질 때까지 고통에 몸부림칠 것이다!"

"후후, 원래 인생은 고통일세. 고통을 느껴야 살아 있음도 느끼는 법이지."

그는 루시우스에게 왕명이 적힌 밀서 내밀었다.

"나는 숙적을 남겨둘 만큼 어리석은 사람이 아니다. 네가 희생을 한다고 해서 그들을 살려둘 줄 알았나?"

"뭐, 뭐라?"

"내가 문신들의 우두머리이자 왕비의 아비인 카드리아 후작을 살려둘 것이라고 생각한 것은 아니겠지?"

루시우스는 차갑게 가라앉은 얼굴로 물었다.

"네놈, 하나는 알고 둘은 모르는 게냐?"

"뭐라?"

"왕국은 무력으로만 치세할 수 없는 것이다. 명분과 민심이 없으면 왕국은 분열되게 마련이다. 지금은 네가 무력으로 왕궁을 장악했다고 하지만 이것이 천년만년 갈 것이라고 생각하느냐? 국민은 네가 쓴 피의 역사를 기억하고 있다. 그것은 민심을 화나게 하여 언젠가는 화살이 되어 날아올 것이다."

"후후, 그런 감언이설에 내가 놀아날 줄 아느냐?"

"그래, 다 죽여라. 그리고 나서 후회하고 피를 토하며 죽어라. 나는 저승에서 네 고통스러운 모습을 바라보며 즐거이 웃을 것이다."

베이너스는 루시우스의 얼굴을 가만히 바라보다 이내 아무런 말 없이 돌아섰다.

그리곤 간수들에게 뭔가를 지시하곤 지하 감옥을 나섰다.
잠시 후, 지하 감옥으로 거대한 들개가 떼를 지어 들어섰다.

컹! 커엉!"

"……."

루시우스는 그가 무슨 지시를 내렸는지 굳이 듣지 않아도 알 것 같았다.

'신이시여…….'

눈을 감은 루시우스, 이내 감옥 문이 열리면서 들개 떼가

득달같이 달려들기 시작했다.

으르릉! 커엉!

꽈드득!

"으헉!"

개에게 몸이 뜯겨 처참하게 죽어가는 루시우스. 그는 감옥 문을 연 간수들에게 외쳤다.

"내, 죽어서도 너희를 저주할 것이다! 그리고 네놈들이 죽으면 그 후손과 자식들에게도 저주를 내릴 것이다! 으하하하하!"

잠시 후, 루시우스는 박장대소하던 모습 그대로 목숨을 거두고 말았다.

*　　*　　*

유그라드 신력 150년.

이노티아 왕국 서부 국경선에 50만이 넘는 대군이 집결해 있다. 그런 대군을 바라보고 서 있던 티리엘에게 부관 에밀리아가 다가와 부복했다.

"총사, 군사가 모두 준비되었습니다."

"지원군은?"

"없습니다."

"약속을 지키지 않았군."

이노티아 왕국군은 서부연합군이라 자칭하던 5개국 연합군에게 지원을 요청했다. 하지만 그들은 이노티아를 인간방패로 사용하여 자신들을 쇄국하는 데 전력을 기울이고 있었다.

아마도 이번 전투는 평소의 몇 배는 더 힘들 것으로 보였다.

"가지."

"예, 총사."

그는 에밀리아에게서 청색 창을 받아 들었다.

[이시베리아에 부는 바람]

창신에 새겨진 글귀는 빛바래져 가고 있었지만, 그 창끝은 아직도 날이 새파랗게 서 있었다.

이윽고 그는 군사들을 이끌고 전장으로 향했다.

『현대 도술사』 3권에 계속…